에놀라 홈즈 시리즈 5

비밀의 크리놀린

다 섯 번 째 사 건

비밀의 크리놀린

낸시 스프링어 지음

김진희 옮김

북레시피

엄마에게

⟨에놀라 홈즈 시리즈⟩

비밀의 크리놀린

1855년 튀르키예, 스쿠타리

(심약한 사람들은 바로 1장으로 넘어가기 바란다!)

항구 위의 언덕 꼭대기에는 한때 튀르키예군의 막사였던 거대한 정사각형 건물이 서 있다. 하지만 지금 이곳은 지옥의 온상이다. 바다에 떠 있는 소떼, 말이며, 사람의 부풀어 오른 시체들의 악취도 이 거대한 석조 입방체 안에서 풍기는 악취와는 비교도 할 수 없을 정도다. 그 석조 바닥에는 대부분 젊은 영국 병사로 구성된 많은 사람이 깔 짚단도, 덮을 담요도 없이 어깨를 나란히 하고 누워 있다. 그들은 모두 부상당하거나, 병들었거나, 죽어가는 이들이었다. 그나마 이곳은 지옥치곤 비교적 조용한 지옥이다. 말도 못 할 정도로 깊이 절망하고, 무력하고, 쇠약해진 환자들이 온갖 감염과 괴저, 콜레라로 비참하게 거의 소리소문없이 시들시들 죽어가고 있었기 때문이다.

다가올 밤도 견뎌내기 버거울 정도로 죽은 듯 누워 있는 사람 중엔 겨우 스무 살 남짓의 청년도 있다. 청년의 곁에는 함께 이 끔찍한 장소에 온 지 채 일 년도 되지 않은 그의 신부이자 그보다 더 어린 겁먹은 소녀가 웅크리고 앉아 있다. 남자들의 아내들은 대부분 아기를 안은 채 군인인 남편을 따라 이곳에 왔다. 남편들이 따로 월급을 집으로 보낼 방법도 없는 데다 기약 없이 남편과 떨어져 지내다간 자신들도 굶어 죽게 될 게 뻔했기 때문이다.

그러나 따라온 사람들 중 많은 수가 결국 굶어 죽고 있다.

그간 너무나도 많은 죽음을 보아온 이 어린 신부는 죽어가는 남편을 바라보며 이곳 스쿠타리(현재 튀르키예 이스탄불의 위스퀴다르로, 1854년 크림 전쟁 발발 당시 부상당한 영국 병사들이 악취와 환자 과잉으로 최악의 상황에 처한 채 입원해 있던 지역-역주)에서 소리소문없이 늘상 벌어지는 비극 앞에 말없이 떨고 있을 뿐이다. 이렇게 목숨을 부지하느니 차라리 죽는 편이 낫기에 자신의 가냘픈 몸속에서 자라고 있는 새 생명마저 감히 살아남기를 바라지 못하는 실정이다.

병동의 조금 더 안쪽에선 남루한 회색 옷에 모자를 쓴 한 간호사가 어떤 군인의 눈에 덕지덕지 붙은 굳은 진물을 씻어내주고 있다. 최근 영국에서 온 몇 안 되는 결연한 간호사들은 이곳에 도착한 이래로 스쿠타리의 이런 문제를 어느 정도 개선해왔다. 그들은 더러운 바닥을 문질러 닦기도 하고, 군인들의 더러운 몸을 씻기도 하고, 이불을 삶아 이를 죽이기도 했다. 눈이 감염된 이 군인도 장님이 될 지경이지만 스쿠타리로 온 군인 중 반도 못 살아남는 상황에서 그나마 운이 좋다고 여겨야 할 판이었다.

"이제 손으론 눈을 문지르면 안 돼요." 간호사가 그에게 말한다. "아무리 비비고 싶어도요. 그랬다간 더러운 물질에 눈이 감염될 거예요."

병동들 사이를 조금 더 걸으니 또 한 명의 간호사가 눈에 띈다. 야위고 귀족적인 외모의 이 여성은 밤이 깊은 터라 등불을 들고 있다. 그녀의 타원형 얼굴은 눈에 띄게 깔끔하고, 균형 잡혀 있으며, 쉽게 동요되거나 짜증내지 않는 차분한 모습이다. 정확히 반으로 가른 머리카락은 턱밑으로 끈을 묶은 하얀색 레이스 모자 아래로 갈색 날개처럼 매끄럽게 늘어뜨려져 있다. 그녀는 천천히 걷다가 많은 환자의 초라한 침상 발치에 잠시 멈추어서는 부드럽고 나긋나긋한 목소리로 말을 건넨다. "어머니께 드릴 편지는 발송됐어요, 히긴스…… 고맙긴요. 오늘 식사는 했나요, 오라일리?

좋아요. 내일 담요를 갖다줄게요. 깨끗한 외과용 살균 거즈를 썼나요, 월터스?" 그녀가 장님이 되어가는 남자를 보살피는 간호사 앞에 잠시 멈춰 서더니 말한다. "좋아요. 날이 어두워지고 있으니 이제 숙소로 돌아가 도록 해요."

간호사가 떠나자 등불을 든 여인이 다시 한번 다가 와 의식을 잃은 남편 옆에 웅크린 채 떨고 있는 어린 신부 앞에 멈춰 선다. 여인은 남자를 살펴본 후 등불을 내려놓고서 차가운 돌바닥에 앉아 그의 시퍼런 맨 발을 자신의 무릎으로 가져간다. 그러고는 조금이라 도 따뜻해질세라 힘차게 손으로 문지르기 시작한다.

"이게 제가 당신 남편에게 해줄 수 있는 유일한 위안 이에요." 남편 옆에 말없이 앉아 있는 커다란 눈의 어 린 신부에게 등불을 든 여인이 말한다. "이제 그만 돌 아가고 아침에 다시 와요."

여위고 어린 신부는 애원하듯 말없이 여인을 다시 빤히 쳐다본다.

그러자 여인이 마치 간청이라도 하듯 대꾸한다. "당 신이 남편과 함께 있고 싶어 하는 마음은 알겠어요. 그렇지만 밤에는 여자가 병동에 머무르지 않는 게 규 칙이에요. 이 규칙을 어겼다간 부대가 우리를 부엌으 로 돌려보낼 수도 있고, 한술 더 떠 영국으로 돌려보낼 수도 있어요." 그녀의 부드러운 목소리는 높아지는 법이 없고, 그녀의 마른 얼굴엔 피곤함이나, 원망이나, 좌절감 따윈 전혀 보이지 않는다. 말할 때조차 천사같이 평온하기만 한 목소리다. "그렇게 되면 낮에도 환자들을 간호할 수 없게 될지 몰라요. 그러니 어서 여기서 나가야 해요, 알겠죠?"

비록 소녀는 미동도 하지 않았지만 여인은 그녀가 말귀를 알아들었을 거라 믿는다. 소녀의 두 눈엔 반항할 기색은커녕 지칠 대로 지친 기색만 역력했기 때문이다.

"이리 와요." 죽어가는 남자의 발을 다시 부드럽게 바닥에 내려놓으며 여인이 등불을 들고 일어선다. "이리 와요, 내가 당신과 함께 걸으며 길을 밝혀줄게요." 여인이 손을 내밀자 잠시 후 어린 신부가 손을 뻗어 그 따뜻한 여인의 손을 잡는다. 소녀보다 나이가 든 이 여인은 소녀가 일어서도록 도와준다. 두 사람은 손을 잡고 차라리 '시체'라고 부르는 편이 나을 그 남자 옆에 조금 더 서 있다.

소녀가 돌연 기묘하게 구슬픈 어조로 세 단어를 읊조린다. "그는 제 '남편'이에요." 그렇게 그녀는 가느다란 입술로 무기력하고 덧없이 내뱉는다.

"알아요, 하지만 어쩔 도리가 없어요……."

"그는 좋은 남자예요." 여인의 말이 들리지 않는 듯 소녀는 제 말만 이어간다. "이름은 터퍼예요, 토머스 터퍼. 저 말고도 누군가 그를 기억해줘야 해요."

"그래요, 당연히 이곳 사람들이 기억할 거예요."라고 말하며 등불을 든 여인이 소녀를 달래준다. 스쿠타리에서 살아남은 사람들의 입소문을 타고 여인의 조용한 목소리가 전해준 위안은 길이길이 기억될 것이다. "이제 그만 이리 와요, 토머스 터퍼 부인."

1장

"메쑬리 양," 터퍼 부인이 내 빈 접시를 치우며 말했다. "시간 있으시면 저와 이야기 좀……."

귀가 완전히 먹어버린 나이 많은 여주인의 말이 채 끝나기도 전에 나는 그녀에게 온 주의를 기울였다. 평소처럼 소리를 꽥꽥 질러대지 않고 부드럽게 말한 데다, 무엇보다도 귀가 안 들리는 그녀가 대화를 청하는 일 자체가 흔치 않은 일이었기 때문이다. 정말로 그녀의 '대화' 요청은 전례 없는 일이었다. 보통 난 그녀가 차려준 알뜰한 저녁 식사(오늘 저녁 메뉴는 제철 양파와 생선수프와 빵과 푸딩이었다)를 마친 뒤엔 고맙다는 인사와 함께 방문을 닫고 안으로 들어가버리곤 한다. 그래야 어릿광대 놀음이라도 하듯 '메쑬리 양' 변장을 위해 착용했던 부풀린 머리 장식과 싸구려 보석, 보강물은 일제히 벗어버린 후 푹신한 안락의자에 앉아 방석에 발을 올린 채 편히 쉴 수 있기 때문이다.

"메설리 양, 조언이 좀 필요해요." 터퍼 부인이 수프가 담긴 하얀 도기 그릇을 마치 냄비라도 되는 양 난로 위에 올려놓은 뒤, 남은 빵 푸딩을 싹싹 긁어 고양이밥 접시가 아닌 오물통에 부으며 말을 이었다.

무슨 영문인지 궁금한 마음에 나는 고개를 끄덕이며 손짓으로 기꺼이 들어줄 의향을 표했다.

"아래층으로 내려가시죠." 터퍼 부인이 말했다.

물론 이미 나는 책상에 앉아 있었지만, 그 청을 따라 부인의 방 한쪽 초라한 응접실로 — 사실 그녀의 집은 깨끗이 치워놓았을 뿐 헛간이나 다름없었다 — 자리를 옮겼다. 내가 의자에 앉자 터퍼 부인도 말털 소파 가장자리에 웅크리고 앉아서는 촉촉한 눈으로 날 쳐다봤다.

"제가 상관할 일은 아니지만, 눈에 보이는 아가씨의 모습이 다가 아니란 걸 전 알아요." 부인은 어린 사람을 앉혀놓고 속내를 드러내는 이유를 설명할 필요라도 느낀 듯 말했다. "아가씨는 겉모습처럼 일하는 여자로만 살지는 않는 듯해요. 때론 길거리 거지가 되기도 하고, 상류층 부인이 되기도 하고, 수녀의 모습으로 고생하며 돌아다니기도 하죠."

부인의 말에 놀라긴 했지만 애써 놀란 모습을 감추려 들지는 않았다. 그렇지만 부인도 내가 놀란 것을 알아채진 못한 듯했다. 어쨌든 나에 대한 이야기가 마이크로프트 오빠와 셜록 오빠의 귀에 들어가 오빠들이 러던 이스트엔드에 있는 내 숙소를 찾게 된다면 내 자유는 크게 위협받을 것이다.

하지만 터퍼 부인은 내 당혹스러움을 알아차리지 못하는 눈치였다. "어두운 밤 춥고 배고픈 사람들을 도우려 애쓰면서……" 부인이 말을 이어갔다. "아가씨만의 방법으로 해나가고 있죠." 가뜩이나 작은 키에 등까지 굽어 더 작아 보이는 부인이 날 올려다보며 덧붙였다. "아가씨는 좋은 사람이에요, 메설리 아가씨, 아니, 아가씨의 진짜 이름이 뭐든 간에요."

"에놀라 홈즈." 나는 무의식적으로 속삭였다. 하지만 다행히도 내 말을 들을 수 없었던 부인은 내 본명을 알아채지 못한 채 계속해서 말을 이었다.

"그리고 아가씨에겐 무시할 수 없는 힘이 있죠. 그래서 아가씨가 절 도와주길 바라요."

내가 몸에 열이 날 때든, 아플 때든, 또는 교살자의 공격을 받아 부상을 입을 때든, 부인은 날 간호하며 돌봐주곤 했다. 엄마란 존재는 내게 그저 상상 속 인물이었지만, 그런 날 터퍼 부인은 항상 엄마 같은 눈길로 바라봐주었다. 아침에 블러드 소시지(돼지의 피를 섞어 만든 소시지 ─ 역주)를 구워주는가 하면, 내가 우울할 때 잘 타일러주던 모습은 천상 엄마의 모습이었다. 고로 내가 부인을 돕는 건 너무나도 당연한 일이었다. "세상에," 부인 쪽으로 몸을 기대며 내가 대꾸했다. "대체 무슨 일이죠?"

부인은 앞치마 주머니에 손을 넣어 우편함에 있던 봉투 하나를 꺼내 들고는 내게 건네주었다. (자신이 아닌) 내가 귀머거리라도 된 듯 부인은 고개를 끄덕이고 손짓해가며 내게 봉투를 열어 내용물을 읽도록 권했다.

건물의 창 ─ 그러니까 창문에도 세금이 부과되는 터라 부인이 자랑스러워하던 그 창 ─ 을 통해 들어오는 빛이 희미해지고 있었지만, 나는 편지에 짙은 검은색 인도산 잉크로 선명하게 인쇄된 글씨를 분명히 알아볼 수 있었다. 이 글씨는 여태 본 중 가장 잔인한 필체로 두꺼운 종이에 휘갈겨 쓰여 있었다. 마치 곤봉으로 한 획을 긋고 길고 가느다란 양날 칼로 나머지 획을 그은 듯 무시무시한 무기로 쓴 각진 글씨였다.

18

친정 비둘기, 당신이 가지고 있는 터무니없는(bird-brained) 메시지를 즉시 전달하시오. 안 그랬다간 당신이 스쿠타피를 떠난 일을 후회하게 될 거요.

스쿠타리? 편지를 한 번 더 읽어봤지만 협박이랄밖에 달리 해석할 수가 없었다. 하지만, 내용만큼이나 시선을 사로잡는 날카로운 필체가 날 더욱 놀라게 했다.

"이 글씨를 알아보겠어요?" 내가 물었다.

"뭐라고요?" 터퍼 부인이 나팔 모양의 보청기를 귀에 꽂으며 말했다.

부인이 그리 말할 줄 뻔히 예상한 내가 보청기에다 대고 소리쳤다. "이 필체를 알아보겠냐고요?" 익명의 협박자가 볼 때 혹여나 그녀가 자신의 필체를 알아볼 거라고 여겼다면, 대중 소설의 악인들처럼 자기 필체를 감추기 위해 신문 활자를 오려 붙였을지도 모른다.

"예? 그 남자를 제가 어떻게 아느냐고요?"

빌어먹을! 부인이 지금처럼 내 말을 못 알아들을 땐 차라리 종이에라도 써서 보여주면 좋으련만, 다른 대부분의 사람들마냥 터퍼 부인도 그저 천천히 그리고 간신히 읽을 수만 있을 뿐이었다.

"이 글씨체 말이에요!" 내가 다시 한번 소리쳤다.

"아뇨, 처음 본 글씨체예요. 이런 가시 줄기 같은 글씨체를 안다면 제가 기억 못 할 리 없겠죠."

부인이 놀랍고 당혹스럽다는 듯 호들갑을 떨며 말했다. "아무래도 이자가 절 다른 사람으로 착각한 듯해요."

"그럴지도요." 터퍼는 흔한 이름이 아니었기에 내가 의심에 찬 목소리로 내뱉었다. 난 진정으로 지금껏 터퍼 부인 외에 터퍼라는 이름을 가진 사람을 만나본 적이 없다. 물론 부인의 그 이름은 오래전에 죽은 남편의 이름이었으며 아마 런던에 그의 친척이 몇 명 정도는 생존해 있을지도 모른다. "남편에게 가족이 있었나요?"

"예?" 그녀가 보청기를 귀에 갖다 대며 대꾸했다.

그 보청기에다 대고 나는 "터퍼 씨 말이에요!"라고 소리쳤다.

"스쿠타리에서 죽었어요." 화창한 5월 저녁에도 한기를 느끼는 듯 터퍼 부인이 몸을 움츠리며 말했다. "거의 35년 전 일인데도 어제 일같이 생생해요. 그곳은 정말 끔찍한 곳이었어요. 마치 지상의 지옥 같았죠."

불편한 의자에 몸을 기대던 나는 순간 스스로를 질책했다. 스쿠타리. 그곳은 크림 전쟁 당시 튀르키예에 있던 영국 본부가 아니던가!

내가 물었다. "터퍼 씨가 그 부대에 있었나요?"

"뭐라고요?"

그로부터 몇 시간에 걸쳐 터퍼 부인은 지금까지보다 훨씬 두서없이 이 말 저 말 전했고, 그 내용을 친애하는 독자를 위해 간단하게 정리하자면 이렇다. 부인의 이런 횡설수설이 수긍이 가게도 이 사연의 배경은 인간의 어리석음으로 일어난 가장 혼란스러운 전쟁 중 하나인 크림 전쟁이었다. 나폴레옹이 이끄는 프랑스와 더불어 뜻밖에도 영국이 튀르키예의 전신인 오스만 제국과 동맹해 더 뜻밖인 러시아에 맞서 전쟁을 벌였던 것이다. 당시 불행한 그들은 '의문을 품을 수도 없이 싸우거나 죽어야' 했는데, 그건 거미만 한 진드기와 커다랗고 살찐 벼룩 그리고 테리어 종 개가 도망갈 정도의 커다란 쥐들에게 점령당한 이 흑해의 버림받은 반도를 위해 몸소 전쟁의 포화 속으로 뛰어들었기 때문이다.

하지만 (터퍼 부인의 말마따나) 당시 터퍼 씨는 도둑들이 훔친 후 간수하지 못한 장물들을 얻어다 군인들에게 팔 요량으로 배를 타고 크림반도를 항해했고, 이런 사업 기회를 포착하자마자 신부를 데리고 바로 그곳으로 향했다. 당시 두 사람은 한낱 철없는 애송이들에 불과했던 것이다. 그때 두 사람은 거기서 전쟁터에 나가는 걸 마치 휴일에 마실이라도 나가는 양 남편을 따라 하인, 은그릇, 리넨 옷을 잔뜩 싣고 가는 장교의 아내들도 보았다. 그렇게 그들 두 사람은 물론 자선단에 이르기까지 실제로 부대에 동행한 수천 명의 여자들은 남자들과 함께 자신들도 곧 죽을 운명이란 걸 전혀 눈치채지 못했다.

전투 때문이 아닌 바로 질병 때문에 말이다.

"그건 크림반도 열병이었죠." 터퍼 부인이 말했다. "토머스는 귀와 눈과 입과 코에서 피를 흘리며 아무것도 모르고 누워 있었어요. 도움을 청하고자 저는 동네 거렁뱅이 두 명에게 돈을 쥐여주고 남편을 달구지에 태워 스쿠타리의 큰 병원으로 데려갔죠." 부인은 순진했던 자신을 떠올리며 고개를 내저었다. "전 그곳 의사들과 간호사들이 남편을 고쳐줄 거라 믿었어요. 영국에서 간호사들이 새로 왔다는 말이 나돌았거든요."

하지만, 나도 나중에 알게 된 사실이지만, 그 간호사들은 군대 외과 의사들의 지시를 받던 존재(의사들은 남자들만 즐비한 병동에 출입하는 그녀들을 방해거리로 여겼고 한술 더 떠 군인 환자들을 돌보는 병동 분위기를 흐려놓는 일반인 첩자로 여겼다)로 병동 출입에 제한이 많았다. 가령, 병동 규칙이라는 명목으로 여자들은 밤에 병동에 들어갈 수 없었다.

간밤에 사람이 죽어도 다음 날 아침에 시신을 치워야 할 정도였다.

부인의 남편인 터퍼 씨도 예외는 아니었다.

"저는 시신을 깔끔하게 정리한 뒤 시신을 싼 담요를 꿰매어 이었어요. 그러자 부대가 아직 해가 뜨지도 않은 어두운 아침에 다른 30구의 시신과 함께 남편의 시신을 커다란 무덤에 안치했죠." 터퍼 부인이 계속해서 말을 이었다. "남편의 소지품이며, 텐트며, 짐을 나르는 조랑말이며 모두 전쟁 통에 약탈당해 연기처럼 사라졌지요." 그렇게 영국으로 돌아갈 방도라곤 하나 없이 부인은 다른 사람들과 함께 스쿠타리라는 가장 비참한 지옥 같은 곳에 뒤섞여 살게 되었다. 그러니까 당시 막사나 병원 밑엔 미로처럼 많은 지하실이 운영되고 있었는데, 바로 그곳에서 터퍼 부인은 다른 과부들, 고아들, 가족들에게 버려진 불구 농군들 그리고 온갖 거렁뱅이들과 함께 자신도 하나가 되어 피난해 있었다.

"게다가 전 당시 몸도 약해질 대로 약해진 상태였어요."

이 흥미로운 이야기를 더 자세히 하는가 싶더니 문득 부인은 자리에서 일어나 촛불을 몇 개 켰다. 그렇게 일어서면서(그녀의 나이로 볼 때 이 동작도 결코 쉽지는 않았을 텐데 — 맙소사, 지금쯤 족히 오십은 넘었으리라!) 부인은 탁자의 중앙에 놓여 있던, 나도 전에 한번 본 적 있는 조각된 나무 상자를 열고 빛바랜 사진 한 장을 꺼내 내게 가져왔다. "우리 결혼식 날 터퍼 씨가 찍어 준 거예요." 중세의 우스꽝스러운 옷차림을 한 두 젊은이의 초상화 — 아래로 축 처진 커다란 나비넥타이를 맨 남자 그리고 뒤집힌 그릇 모양의 크리놀린과 금속이나 나무, 플라스틱으로 만든 큰 테 위로 넓게 퍼지는 스커트를 입은 여자 ─ 가 눈에 들어왔다. 그때 부인이 말을 이었다. 내 선량한 집주인은 애초 내게 비밀을 털어놓게 했던 그 무시무시한 편지 따위는 거의 잊어버린 듯 추억의 분위기에 한껏 빠져들었다.

나는 부인의 주의를 다시 검은색 잉크로 쓴 잔인한 편지로 돌리기 위해 그녀의 나팔형 보청기에다 대고 힘껏 소리쳤다. "어떤 메시지를 누구에게 보내려고 하는데요?"

"모르겠어요!" 다시 자리에 앉은 부인이 비쩍 마른 팔로 팔짱을 끼며 말했다. "생각하고 또 생각해봤는데 전혀 모르겠어요! 아기와 모든 걸 잃어버린 상태에서 기억도 하나 남지 않았네요."

기묘하다 못해 거의 뱃멀미가 날 지경으로 혼란스러운 기분에 사로잡힌 나는 순간 말문이 막혔다. 그냥 상상이 잘 가지 않았다…… 그러니까 지금 소꼬리를 끓여 스튜를 만들고 베갯잇을 짜며 여느 나이 든 집주인으로만 살고 있는 줄 알았던 터퍼 부인이 한때 잔인한 전쟁터로 넘어가 그곳에서 남편도 잃고, '몸도 약해질 대로 약해졌다니'…….

틀림없이 터퍼 부인은 내 얼굴에 역력히 드러난 충

격과 의문의 표정을 보았을 것이다.

"아기는 사산했죠." 부인이 말을 이었다. "저 자신도 거의 반쯤 굶어 죽을 지경인 데다 옷도 누더기에 동굴엔 누울 만한 침대 하나 없어 거의 뜬눈으로 밤을 지새웠으니까요. 그야말로 쥐들이 야금야금 사람 손가락을 갉아 먹을 정도의 상황이었죠." 터퍼 부인은 여전히 팔짱을 낀 채로 웅크린 상체를 이리저리 흔들어댔다. "그곳은 '지옥'이었어요. 사람들은 미쳐갔죠. 그중 하나가 죽은 제 아기를 데려가 바다에 던져버렸고요. 저 역시 틀림없이 죽을 거라고 생각했죠. 삶이 너무 비참해 거의 시체처럼 있었던 거죠."

내가 속삭였다. "그런데 어떻게 탈출했죠?"

그런데 이번엔 그녀의 보청기에다 대고 소리칠 필요가 없었다. 꼭 내 입술 모양이 아니더라도 내 얼굴에 나타난 표정을 통해 부인이 질문을 충분히 이해했기 때문이다.

"영국 간호사였어요." 부인이 말을 이었다. "참 우습죠. 오랫동안 그녀에 대해 잊고 있었다니 말이에요. 당시 그분은 유명한 분이었어요. 그러니까 군인들은 그녀를 '등불을 든 여인'이라고 불렀죠. 그녀는 수백 명에 달하는 사람들을 엄마처럼 매일 간호했어요. 무슨 연유로 그녀가 시간을 내어 날 돌볼 수 있었는진 모르겠지만 아무튼 그건 기적이었죠." 눈가가 촉촉해진 터퍼 부인의 시선은 내가 아닌 그 옛날 아득히 먼 그곳을 바라보는 듯했다. "아마도 그분은 제가 다른 사람들과 똑같이 처신하지 않는다는 이야기를 들었을 거예요……." 내 집주인의 종잇장같이 얇고 메마른 나이든 얼굴이 분홍빛으로 붉어졌다. "전 그러지 않았거든요. 그러니까 제 말은 부대를 따라온 다른 여자들처럼 그러지 않았다고요…… 지하실에 있던 대부분 여자들은 먹을 것과 돈을 위해서라면 무슨 짓이든 했죠. 뭐 그들을 탓하진 않지만, 그저 저까지 그럴 순 없었죠. ……어쩌면 그게 이유의 전부였죠. 그러던 어느 날, 그녀가 거둬 돌보던 불구 소년 중 하나가 절 그녀에게 데려갔어요. 그녀는 어느 외진 탑 안에 있었고, 전 간신히 힘을 내어 계단을 올라갔죠. 틀림없이 그 안엔 어림잡아 수백 명은 있었을 거예요. 하나같이 프랑스언지 뭔지를 지껄여대며 목욕용 스펀지와 붕대 린트(붕대용으로 쓰는 부드러운 면직물의 일종-역주), 셔츠 단추와 레몬과 옥도정기(소독이나 진통과 소염 따위에 쓰이는 적갈색의 외용약-역주), 그리고 니트 카디건과 방한모를들고서 왔다 갔다 하고 있었고요. 그 모든 걸 아는 사람이 있었으니 바로 그녀였죠. 그곳은 바로 그녀가 운영하던 의약품 보급 창고였던 거예요."

"그녀의 이름이 뭐였죠?" 나는 기억을 더듬으며 중얼거렸다. 나 또한 이 놀라운 영국 여자에 대해 들어본 적이 있기 때문이다. 물론, 인정하건대 크림 전쟁에 대한 내 지식은 매우 약소했다. 그도 그럴 것이 내가 아버지 서재에서 집중했던 책들은 주로 소크라테스, 플라톤, 아리스토텔레스와 같은 책들이었기 때문이다.

"그녀는 내가 씻고 먹을 수 있도록 해줬어요." 당시엔 뜻밖이었다는 투로 터퍼 부인이 말을 이었다. "게다가 멋진 옷도 주었죠. 그 옷은 제가 결혼할 때 입었던 것보다도 좋은 옷이었어요. 제가 귀향할 수 있도록 '자기 지갑'을 열어 돈도 주었답니다. 그러고는 제게 다정하게 말을 걸곤 했죠. 당시에도 귀머거리였던 터라 그녀의 말을 거의 알아듣지는 못했지만서도 말이죠. 어쨌든 그때 전 아무 말도 하지 않았어요. 세바스토폴(흑해 연안의 크림반도 남서부에 위치한 항구도시-역주)에서 전쟁의 총성이 없어지기를 바라는 마음뿐이었거든요. 그런데 우스운 건 그 전쟁판에서 저는 남편 터퍼와 부대에 브랜디를 공급하고 있었고, 러시아 여자들은 양산과 소풍 바구니를 들고 그 언덕 꼭대기에 자리를 잡고 앉아 마치 음악 공연장에서 구경이라도 하듯 전쟁의 광경을 지켜보고 있었다는 거죠."

세상에! 부인도 그 *전쟁* 한가운데 있었다고? 자그

마하고 나이 든 내 집주인이?

부인의 두서없는 이야기를 듣다 보니 대체 부인을 어찌 도울지 전혀 감이 오지 않았다. 이렇게 듣고만 있다가는 안 되겠다 싶어 나는 부인의 우편함에 있던 그 괴이한 편지를 다시 들어 올리며 그녀 앞으로 내밀었다. "터퍼 부인," 내가 간청하듯 말했다. "생각나는 게 전혀 없나요……?"

부인은 전혀 없다는 듯 머리를 세차게 흔들며 내뱉었다. "잘 모르겠어요! 사실 터무니없는 일이죠. 전 그곳에서 그냥 평범하기 그지없는 사람이었거든요."

맞다, 그녀는 매우 평범하기 그지없는 '용감한' 사람이었다. 그러면서도 그녀는 전쟁에 우연히 휘말린 가련한 여인이었다. 그렇다면 부인의 이 정체 모를 적은 도대체 누구며, 누가 봐도 섬뜩한 필체로 편지를 보낸 이 작자는 대체 부인에게 뭘 원하고 있는 걸까? 그것도 34년이나 지난 지금에서야 말이다.

의문스러운 점이 한둘이 아니라 결코 호기심이 사라지진 않았지만 문득 이 기묘한 문제에 대해 부인을 돕는 게 내 의무라는 생각이 들었다.

2장

통상 조신한 숙녀라면 으레 그렇듯, 나도 더 나이 지긋하고 현명하며 경험 많은 남자의 조언을 구했다. 그러니까 사이언티픽 퍼디토리언인 레슬리 라고스틴 박사, 바로 내 고용주의 조언 말이다.

농담이다. 라고스틴 박사는 잃어버린 물건과 사람을 찾을 기회를 얻기 위해 내가 만들어낸 허구의 인물이다. 다음 날 내내 나는 그 위대한 박사의 비서인 메쉴리 양으로 일하면서 터퍼 부인의 문제에 대해 골똘히 생각했다. "어떻게 정체불명의 위협 편지를 보낸 자에 대해 알아낼 수 있을까?"

늘 하던 대로 나는 먼저 책상에 앉아 질문 목록을 작성했다.

왜 '전령 비둘기'일까?

비둘기가 집으로 돌아가는 회귀본능 때문일까?

전령 비둘기와 전서구(먼길을 갔다가 집으로 돌아오도록 훈련된 비둘기—역주)는 같은 것일까?

사람을 비둘기라고 부르는 건 매우 기묘한 모욕 발언이다. 통상 미국인들은 정보 제공자를 '경찰의 끄나풀stool pigeon'이라고 부르니 정체 모를 이 사람을 미국인인 X라고 부를까?

'터무니없는'이란 의미로 'hare_brained' 대신에 'bird_brained'란 미국인 특유의 표현을 쓴 것을 볼 때 X는 미국인일까?

어떤 의미의 메시지일까?

누구로부터 온 메시지일까?

그리고 누구에게 보낸 메시지일까?

이 메시지는 X와 어떤 관련이 있을까?

그는 이 메시지를 받아 가로채고 없애고 싶어 할까?

그는 터퍼 부인의 주소를 어떻게 알아냈을까?

그는 터퍼 부인과 같은 시기에 스쿠타리에 있던 자일까?

이렇게 질문 목록을 열심히 적어보았건만 별로 도움이 되진 않았다. 이 협박 편지가 미국인에게서 왔을 거라는 생각도 전혀 들지 않았다. 미국은 크림반도에 전혀 관심이 없었기 때문이다. 게다가 인도산 잉크를 쓴 것을 비롯해 메시지의 날카로운 글씨체도 꽤 유럽 풍이지 않았던가…….

나는 질문 목록에 아래의 내용을 추가했다.

유럽에서 쓰는 여러 잉크 중 왜 하필 인도산 잉크를 썼을까? 혹 스케치용으로 사둔 잉크였을까? 그렇다면 X는 예술가일까?

그렇게 나는 자리에 앉아 또 다른 가치 있는 생각 따윈 접어둔 채, 급사인 조디가 아침 신문과 함께 싱그러운 5월에 천상의 향기를 맡기 위해 미리 부탁해놓은 라일락 꽃다발을 들고 올 때까지, 그 목록을 잔뜩 찌푸린 얼굴로 쏘아보고 있었다.

결국 내가 한 일은 최근 구입한 현대식 타자기를 세게 두드려대며 신문의 인사 광고란에 게재할 내용을 작성하는 게 전부였다.

전령 비둘기는 전할 메시지도 없고, 메시지에 대해 아는 것도 전혀 없어 전달할 게 아무것도 없어요. 그러니 더 의문을 가져봐야 소용없답니다. 이제 그만 단념하시죠. 'T' 부인.

여기서 'T'는 터퍼Tupper의 T이다. 사실 난 터퍼 부인의 이름(first name)을 알지 못했다.

마침 터퍼 부인이 평소처럼 부엌에서 엉망진창인 저녁 요리를 만들고 있는 모습에 안도하면서 나는 부인에게 내가 작성한 내용을 보여주었고 신문에 실어도 좋다는 허락을 받았다.

다음 날 나는 수많은 사본을 타이핑해 플리트 스트리트의 모든 일간지를 다 돌았으며 그것으로 일이 끝나기를 바랐다.

그랬다면 좋았을 텐데.

그날은 수요일이었고 '전령 비둘기는 전할 메시지도 없다'라고 작성한 내 글은 다음 날 목요일 아침 판에 실렸다. 목요일 저녁, 이스트엔드의 다세대 주택 사이에 빽빽이 들어찬 터퍼 부인의 다 쓰러져가는 집으로 천천히 걸어가면서 저녁 메뉴가 조금이라도 구미에 당기는 음식이기를 바랐다. 아무튼 그날 내 생각은 대체로 저녁 메뉴에 쏠려 있었다. 그런데 이게 웬일인가? 청어찜이든, 닭의 간이든, 또는 혐오감을 덜 주는 다양한 고기든 맛있는 냄새를 기대하며 계단을 걸어올라갔건만, 문을 여는 순간 눈앞에 펼쳐진 현장은 그야말로 이 모든 생각들을 뇌리에서 싹 몰아내버렸다.

서랍은 열려 있었고, 의자는 뒤집혀 있었으며, 선반

도 무너져 있었고, 두꺼운 널빤지로 깐 마루의 도자기도 부서져 있었다.

부인의 집은 시가 연기 냄새, 부서진 등불에서 새어 나온 고래기름 냄새, 그리고 온갖 고통스럽고 공포스러운 악취로 가득했다.

그때 누군가 숨이 넘어갈 듯한 목소리로 외쳤다. "도와주세요!" 한 여자가 웅얼거리는 목소리로 흐느끼고 있었다. "제발 좀 도와주세요!" 그 목소리가 내 마음을 짓이기는 듯했다. 어떤 비열한 악당이 감히 터퍼 부인 같은 귀머거리 노인에게 해를 가했을까?

이 악당이 더 많은 해를 가하면 어쩌지?

혹 그자가 아직도 이 건물에 있는 건 아닐까?

옷 단추 사이에 부착하여 엄청 큰 브로치로 가장하긴 했지만 실은 코르셋 안에 감춰져 있는 칼자루에서 단도를 뽑아 든 채, 나는 주변을 유심히 살피며 약탈당한 집 안으로 걸어 들어갔다. 그러자 마침내 손발이 묶이고 접시 행주로 재갈이 물린 여자가 눈에 들어왔다.

맙소사, 그런데 그녀는 터퍼 부인이 아니었다!

"그들이 절 때렸어요!"

부엌 의자에 묶인 여자아이는 열두 살쯤 되어 보이는 말라빠진 소녀였다. 나는 그녀의 발과 손을 고정시킨 나뭇가지를 서둘러 자르느라 그 스산하고, 축축

하고, 시뻘게진 얼굴을 처음엔 알아보지 못했다. 하지만 그녀가 스스로 재갈을 뜯어내고서야 나는 그 여자아이가 터퍼 부인의 일용직 소녀인 플로리라는 것을 알았다. 플로리는 보통 내가 도착하기 전에 자기 일을 마치고 돌아가는 터라 이 집에선 겨우 몇 번 본 게 다였다.

그렇다면 터퍼 부인은 지금 어디에 있는 걸까?

"그놈들이 절 폭행했어요!" 플로리가 주체할 수 없이 치밀어 오르는 화를 뿜어내고 있는 동안 나는 혹 부인이 정신을 잃거나, 다치거나, 더 심한 상태로 쓰러져 있으면 어쩌지 하는 두려움에 사로잡혀 있었다. 그러나 아래층에서 그녀의 흔적은 어디에도 보이지 않았다. 흥분한 상태의 플로리를 그대로 내버려 둔 채, 나는 단도를 들고 급히 부인의 침실로 다가갔다. 하지만 눈에 띄는 건 더욱 폐허처럼 돼버린 현장뿐이었다. 침대가 한쪽으로 내팽개쳐져 있는가 하면, 옷장과 화장대의 모든 물품도 모두 바닥에 나뒹굴고 있어 바닥 카펫 따위는 전혀 보이지도 않았다. 시트와 담요가 신발, 스커트, 숄 그리고 입에 담지 못할 민망한 속옷과 온통 뒤엉켜 있는 모습을 본 순간, 문득 부인이 그 뒤엉킨 더미 밑 어딘가에 쓰러져 있는 건 아닐까 하는 생각이 머리를 스쳤다. 나는 재빨리 단도를 던져버리고 마치 미친 오소리처럼 홑이불과 베갯잇, 주간지, 가정복, 류머티즘 치료제, 앞치마와 드레스, 그리고 부인의 낡은 검정색 주일용 보닛 등을 마구 파헤쳐댔다.

부활절용 새 리본으로 막 장식한 보닛을 들고 있자니 뭔가 뭉클하면서도 더 차분해지고 더 말짱해지는 느낌이 들었다.

나는 단도를 다시 집어 칼집에 넣은 후 현 상황을 정리해보았다. 그러니까 집에 아직 도둑이 있다면 지금쯤 날 공격했을 테고, 플로리도 부엌에서 도망쳤을 텐데 여전히 플로리의 탄식 소리가 계단을 타고 내 귓가에 울려 퍼지는 것을 보면 도둑은 이미 자리를 떴다.

결국 부인의 침실에서 터퍼 부인을 찾지 못한 나는 내 침대도 확인해보았다. 그런데 이상하게도 내 침실은 다른 방처럼 누군가 뒤진 흔적이 전혀 없었다. 그렇게 장롱 안과 침대 밑도 살펴봤다. 다행히도 터퍼 부인, 아니 혹시라도 찾게 될까 봐 두려웠던 터퍼 부인의 유해는 거기에도 없었다.

나는 아래층으로 뛰어 내려갔다. 플로리가 일어서려고 안간힘을 쓰고 있었고, 그녀의 울부짖음은 점점 말의 형태를 띠어갔다. 그러나 여전히 거의 알아들을 수 없었고 이따금 몇 마디만 알아들을 수 있을 뿐이었다. "빨리 이리로 와주세요…… 멀쩡한 소녀를 때리고…… 전부 해서 예닐곱 명 정도가…….”

“터퍼 부인은 어디 있지?” 내가 그 아이의 말을 가로막으며 말했다.

“……딱 시궁창에나 어울릴 말한 교활한 놈이…….”

나는 플로리의 어깨를 잡았다. 그러고는 그녀의 어깨를 막 흔들어대고 싶은 것을 간신히 참으며 재차 말했다. “플로리. 터퍼 부인은 어디 있지?”

“부인은 소매를 걷어 올리고 푸딩 반죽을 만들고 있었어요. 머리엔 챙 없는 모자만 쓴 채요…….”

나는 급기야 정신이 반쯤 나간 듯한 그 아이를 흔들어대며 소리쳤다. “부인은 어디 있냐고?”

그러자 플로리가 몸을 획 움직여 내 손에서 어깨를 빼내더니 마치 내가 멍청한 사람이라도 되는 양 소리쳤다. “아까부터 계속 아가씨에게 말하고 있잖아요! 그들이 부인을 데려갔다고요!”

이번 일의 정황을 파악하기 위해 난 플로리에게 엄청난 시간을 쏟아야 했다. 플로리는 아무리 구슬려도 진정하지 않았고, 결국 난 경관을 부르겠다고 말해야 할 지경까지 이르렀다. (사실 그럴 순 없는 노릇이었다. 런던 경찰청뿐 아니라 무시무시한 두 오빠가 어떻게든 찾으려고 혈안이 돼 있는 그 도망자가 바로 ‘나’ 아니던가!) 플로리는 여느 이스트엔드 사람들과 마찬가지로 혹여나 경찰에게 조사라도 받을까 봐 두려워서 내가 시키는 대로 고분고분 부엌 의자에 앉아 분별 있게 이야기하려고 애썼다. "그들은 신사처럼 차려입었어요. 그렇지 않았다면 제가 그들을 들여보내주지도 않았을 거예요."

"몇 명이었지?" 나는 주전자를 난로 위에 올려놓은 후 그녀에게 차를 주기 위해 개중 깨지지 않은 컵을 찾고 있었다.

"턱수염이 있는 두 명의 덩치 큰 자들이었어요."

"어떻게 생긴 자들이었지?"

"무정부주의자처럼 수염을 기르고 있었어요."

아마도 그 수염은 가짜일 것이다. 나는 참을성 있게 되물었다. "수염 말고, 이를테면, 머리카락은 어떤 색이었니?"

그녀는 기억하지 못했다.

"키는?"

이번에도 그녀는 제대로 말하지 못했다. 아마도 그들은 덩치가 큰 작자들인 듯했다.

"몇 살쯤 되어 보였지?"

플로리의 말에 따르면, 한 명이 다른 한 명보다 좀 젊어 보이긴 했지만, 나이 차가 확연하진 않은 듯했다. 이러쿵저러쿵 대화가 오갈수록 이미 희미해진 기억에 두려움까지 더해지면서 플로리는 완전 오락가락 상태가 되었다.

당연한 일이었다. 이쯤에서 정리를 좀 해보면 수염을 기른 낯선 남자 두 명이 문을 두드리고는 터퍼 부인에게 정중히 대화를 요청했다. 하지만 일단 집 안에 들어서자 말투를 확 바꿔 '버드'에게 보낼 메시지가 뭔지 말하라고 요구했다.

"메시지라고?"

"부인이 갖고 있던 '버드Bird'에게 보낼 메시지를 달라고 계속 재촉했어요."

"버드Byrd 씨를 말하는 거겠지?"

"씨도 아니고, 부인도 아니고, 그냥 '버드Bird'라고만 했어요. 그러더니 이내 부인의 나팔 보청기에다 대고 속삭였죠. '우린 당신이 버드의 스파이였단 걸 알고 있소!'"

전령 비둘기라니, 그 정체불명의 위협적인 메시지는 터퍼 부인에게 '당신이 가지고 있는 터무니없는 메시지를 전달하시오'라고 지령을 내리기도 전에 이미 터퍼 부인이란 호칭을 썼다. 그렇다면 부인이 그 '버드Bird'라는 사람에게 보고해야 할 또 하나의 '버드bird'였던가?

기묘하긴 했지만 여기엔 일종의 패턴이 보이는 듯

했다. 그렇지 않았다면 무지한 여자아이가 숨을 헐떡
여가며 지껄이는 말을 수긍하지 못했을 것이다.

"그들은 부인에게 '버드에게서 받은 걸 내놔.' 하면
서 계속 소리쳐댔어요. 그리고 부인이 아무것도 없다
고 하자 부인을 폭행했고요."

불한당 같은 놈들! 어찌 감히 불쌍한 노파를 때린
담?

"그러고는 참견하지 말라며 저도 때렸고요."

아, 플로리가 말리려고 했었나? 그 말을 듣자 내 안
에서 플로리를 향한 애틋한 마음이 일었다.

"그러고는 날 묶고 무언가를 찾기 시작했어요."

"그게 뭐지?"

"모르겠어요, 아가씨, 더 이상은요. 터퍼 부인이 넋이
나간 듯 울부짖은 것밖에는 기억나지 않아요."

"악당들 같으니라고." 플로리 앞에 찻잔을 내려놓으
며 내가 중얼거렸다.

"네, 아가씨, 고맙습니다."

"설탕이 없어 유감이네. 다 엎질러졌거든." 나는 폐
허가 된 방을 서성이느라 그녀와 함께 앉을 수 없었
다. "그래서 그 비열한 놈들은 자신들이 찾던 걸 찾아
냈니?"

아이가 차를 길게 한 모금 마시더니 — 그 모습을

보고도 딱히 재촉할 수가 없었다 — 마침내 내뱉었다. "제가 그걸 어떻게 알겠어요, 메쉴리 아가씨?"

빌어먹을! 순간 아이의 찻잔을 낚아채고 싶었다. 단지 문에 등져 묶여 있었다는 이유로 플로리는 정말 아무것도 못 봤고, 아무 소리도 못 들은 걸까? 어쨌든 될 수 있는 한 차분하고 정중히 다시 반복하는 내 질문에 플로리가 대답했다. "그 악당 중 한 명이 '그가 직접 물어볼 수 있도록 저 멍청한 늙은이를 데려가자.'라고 말했어요."

도대체 '그'는 또 누구일까?

그 악당들은 분명 그 '버드'에게 보낼 '메시지'를 찾지 못했다.

그 불한당들은 대체 누굴까?

과연 플로리에게선 더 얻어낼 게 없을까?

이 가여운 아이와 같은 눈높이에서 대화하기 위해 자리에 앉으며 다시 심문을 시작했다. 하지만 이를 통해 알아낸 내용은 더 없었다. 나이 든 악당의 치아가 몇 개 없었다는 것 외엔 말이다. (어쨌든 여기서 난 이 악당이 절대 상류 계층은 아닐 거라고 결론 내렸다.) 그렇게 아둔하면서도 어디서든 마주칠 법한 대중적인 이름을 가진 플로리가 다시 울기 시작하자 이제 그만 심문을 멈출 때가 된 듯했다.

"아주 잘했어, 플로리." 그녀에게 1실링을 건네주며 내가 말을 이었다. "자 얼른 집에 가서 어머니께 모두 말씀드리고, 어머니가 이 일을 동네방네 소문내도록 해주렴." 정말이지 세탁부인 플로리 어머니의 수다스러운 입을 다물게 할 이는 그 어디에도 없었다. 아일랜드 억양을 지닌 그녀의 혀는 이웃을 위한 메가폰이 되기에 충분했다. "꼭 소문을 내줘."― 확실히 해두기 위해 나는 1파운드 지폐를 더 쥐여주며 말했다 ―"악당들이 터퍼 부인을 데려가는 걸 봤거나 이 일에 대해 뭔가 아는 사람은 누구든 이곳에 와서 내게 알려줘야 한다고 말이야!"

아직까지도 코를 훌쩍거리던 플로리가 고개를 끄덕이며 허둥지둥 문밖으로 나갔다.

3장

플로리가 나가자마자 나도 집을 나섰다. 우스꽝스러운 작은 모자에 녹색 유리 귀걸이, 가짜 곱슬머리에 입고 있던 줄무늬와 주름 장식이 있는 포플린 드레스 차림 그대로 말이다. 메쒈리 양의 이런 차림은 거리에선 친숙한 모습이었고, 이웃 주민들도 주저 없이 편하게 말을 건넬 수 있는 차림이었기 때문이다. 나는 그들 중에서 터퍼 부인 납치 사건의 목격자를 찾길 바랐다.

그리고 난 목격자를 찾았다. 그것도 아주 많이. 사실 말이 끄는 탈것을 내 거처이자 터퍼 부인의 집으로 향하는 좁은 돌 포장도로까지 몰고 들어오는 일은 흔치 않았는데, 터퍼 부인의 뜻하지 않은 방문객들이 전에 없이 마차를 타고 들어왔기에 그곳을 어정거리던 수많은 이웃 주민이 그 장면을 목격했던 것이다.

모퉁이에 있는 '맹인' 거지에 따르면, 웬 낯선 사람들이 얼굴이 발그레해질 정도로 숨을 헐떡이며 마차를 몰던 마부의 반질거리는 검은색 사륜마차를 타고 그날 거기 도착했으며, 그 말은 마구간에 있었다.

모퉁이의 잡화상 주인은 마차 상단이 올라가 있고, 마차 문에 문장(오랜 역사를 지닌 가문 등을 상징하는 심벌-역주)이 있는 사륜 쌍두마차를 보았다. 이 사륜마차는 별 특징이 없는 깐깐한 모습의 마부가 몰고 있었고, '장례식에 쓰면 좋을 법한' 검은 말이 끌고 있었다.

잡화상 주인의 아내는 그 마차의 문에 하얀 사슴이나 유니콘 같은 게 그려져 있었다는 데는 동의했지만, 마차 자체가 상단이 올라가 있는 사륜 포장마차이지 사륜 쌍두마차가 아니며, 그 마차를 끌던 말은 갈색이라고 했다. 또 마부는 키가 작고 건장한 체격에 확연히 돌출된 턱을 지니고 있었다고 했다.

청과물 상인은 밤색 말이 끌고, 부은 얼굴의 키다리 빨간 코 마부가 모는, 밝은 노란색 바퀴가 달리고 문에 문장은 없는 검은색 사륜마차를 보았다. 분명 술독에 빠져 사는 아일랜드 마부일 가능성이 매우 높았다.

푸딩 노점상에 따르면 다소 초라한 회색의 승객용 마차가 터퍼 부인의 집 앞에서 기다렸으며, 그 육중하고 어두운색의 말은 '농사일에 더 어울려' 보였고, 마부의 눈썹은 마치 코 위에 초가지붕이라도 얹은 듯 두 툼한 일자 눈썹이었다.

'밤거리의 몸 파는 여인'은 기회가 되면 낮에도 일을 하기 때문에 그날도 마차가 터퍼 부인의 집 앞에 정차 해 있는 동안 마부에게 다가갔으나 무안할 정도로 퇴 짜를 맞았다고 했다. 그 여인에 따르면 그는 두 눈과 입이 멀쩡하고 가운데 코가 달린 별다른 특징이 없는 마부였으며, 마차 또한 별다른 문양이 없는 검은색으 로 번들거리는 빨간 바퀴가 달려 있었고 회색 말이 끌 고 있었다.

길거리의 부랑아들은 말이 검은색, 갈색 혹은 빨간 색이라는 둥, 마차도 사륜마차, 쌍두마차 혹은 대형 사 륜마차라는 둥, 마부도 키가 작다, 크다, 뚱뚱하다, 야 위었다, 늙었다, 젊었다는 둥 저마다 의견이 분분했다. 다만 자신들에게 한 푼도 적선하지는 않고 채찍으로 위협이나 해대는 무자비한 자였다는 데는 의견을 같 이했다.

승객용 마차, 사륜 쌍두마차, 사륜마차, 사륜 포장마 차, 마차, 대형 사륜마차의 탑승자들에 대한 진술, 그 러니까 부인의 납치범들에 대한 진술을 정리해보건대, 그들 중 아무도 납치범들이 마차에서 나와 집 안으로 들어가는 걸 본 사람이 없는 것 같았다. 또한 그들 중 아무도, 정말 *아무도* 납치범들이 부인과 함께 집 밖으로 나오는 걸 보거나, 어디로 가는지 알아차리지 못했다. 보아하니, 이웃들의 호기심은 모두 납치범들의 도착에 쏠려 있었지 출발에 쏠려 있진 않았던 것이다. 이쯤 되자 누군가 내게 납치범들의 인상착의를 *말해 주었다* 한들 별 믿음이 가진 않았다.

문득 좌절감에 소리라도 버럭 지르고 싶은 심정이었다. 그렇게 거의 자포자기한 상태에서 나는 플로리나 그녀의 어머니로부터 어떤 소식이라도 들을까, 납치범들로부터 어떤 요구라도 있을까, 또는 그런 비슷한 거라도 있을까 하여 집에 돌아갔다.

저녁 식사 시간은 이미 지난 지 오래였지만 밥 먹을 생각 따윈 나지 않았다. 앉아 쉬면서 기다릴 마음의 여유 또한 생기지 않았다. 오히려 뒤죽박죽이 된 아랫방을 서성거리고 발 앞에 놓인 부서진 도자기를 발로 걷어차면서 이번 사건에 대한 생각에 집중하려고 애썼다. 메시지를 달라고 요구하면서 부인을 납치해 간 두 명의 악당은 누굴까? 또 "우린 당신이 버드의 스파이였단 걸 알고 있소!"라는 말의 의미는 *무엇일까?* 터퍼 부인이 스파이라고? 터무니없는 소리다.

도대체 '버드'는 무슨 뜻일까? 긴 하루가 지나 밤이 되면서 어둠을 밝히려고 들고 있던 촛불이 사그라들

듯 내 판단도 희미해지는 듯했다.

도대체 터퍼 부인은 무슨 일에 휘말린 걸까? 험악한 두 악당이 달라고 하는 걸 터퍼 부인이 갖고 있으면서도 일부러 안 준다는 건 있을 수도 없는 일이다. 터퍼 부인이 크림반도에서 그 모든 모험과도 같은 일을 겪었다고 하여 영웅 놀이에 빠져 있을 사람은 아니었기 때문이다. 악당들이 원하는 것에 대해 조금이라도 낌새를 챘다면 부인은 당장 내주었을 것이다.

하지만 부인을 데려간 걸 보면 분명 악당들은 그것을 얻지 못한 채 떠났다. 그들은 자신들이 찾는 것의 소재를 부인이 알고 있다고 믿었고, 그들의 고용자인지 귀족 나리인지 하는 자, 곧 내가 X라고 부른 자나 혹은 그 정체불명의 버드라는 자가 부인을 종용해 '그것'을 받아오도록 할 계획이었…….

그것? '그것'이 뭐였을까?

그 두 침입자는 마치 구체적인 물건을 찾는 듯이 집을 헤집어놓았다.

하지만 분명 원하는 걸 찾지는 못했다.

꼭 터퍼 부인이 그것에 대해 아무것도 몰랐던 것처럼 말이다.

하지만, 그럼에도 그것이 아직 이 집에 있을 수도 있을까?

내가 어린 소녀였을 때 — 불과 일 년도 안 된 그 시절, 그러니까 엄마가 예고도 없이 떠나기 전의 그 시절, 그렇지만 먼 과거처럼만 느껴지는, 다시 말해 회색빛 공해로 얼룩진 런던에 오기 전 초록색의 달콤한 향기가 진동하던 시절 — 난 지금처럼 서른 살 같은 열네 살 소녀가 아닌, 열 살짜리 같은 열세 살 소녀로 살면서 내 집 펜델 공원의 숲으로 달려나가 뭐가 됐든 뭔가를 찾곤 했다. 나무를 기어오른 뒤 뭔가 보물이라도 찾는 듯 저 높은 바위의 갈라진 틈을 들여다보곤 했던 것이다. 그렇게 해서 모은 소중한 수집물엔 까마귀 깃털은 물론, 딱 석류석 귀걸이로 쓰면 좋을 만한 노란 줄무늬 달팽이 껍데기, 물떼새알, 안에 보석이 들어 있을 것 같던 빛바랜 동전들이 있었다. 그리고 난 지금도 여전히 예상치 못한 곳에서 가치 있는 것들을 찾고 있다고 생각한다. 그러니까 무언가를 찾는 이 일은 내 삶의 소명이 되었다.

이처럼 간절함에서 잉태된 에너지, 평생 다른 사람을 돕기 위해 사건을 꼬치꼬치 캐묻고 다니는 사람으로서의 열정 어린 관심, 그리고 어떤 평범치 않은 특이한 모든 것에 주의를 기울이는 실제적인 안목을 갖고서 난 터퍼 부인의 집을 수색하기 시작했다.

그 미스터리한 침입자들은 무례하기 짝이 없게도

부인의 소지품을 흩뜨려놓았지만, 난 정반대의 방식을 취했다. 그러니까 난 물건들을 제자리에 돌려놓기 시작했다. 그렇게 (평소 절약을 위해 켜두지 않았던 등에 터무니없이 반항이라도 하듯) 모든 양초, 모든 등불과 석유램프에 불을 붙이고, 집 안의 모든 물건을 원래 있던 자리에 돌려놓고는 하나하나 살펴보았다.

또, 깨진 접시의 경우엔 그 조각들을 일일이 쓰레기통에 쓸어 담으며 살펴보았다.

벽난로 선반 끝을 지키던 두 마리의 스패니얼(다리는 비교적 짧고 기다란 귀가 뒤로 처져 있는 작은 개-역주) 모양 도자기도 산산조각이 나 있던 터라 그 조각들의 안쪽 면까지 샅샅이 살펴보았지만 아무 흔적도 발견하진 못했다.

터퍼 부인이 오래된 소중한 물건들을 담아놓던 기념품 함의 내용물도 찢긴 채 바닥에 널브러져 있었다. 그것들을 집어 들어 살펴보니 너무 오래돼 접힌 곳이 금방이라도 떨어져 나갈 듯한 (부인의) 유아 세례증도 있었고, 아마도 가족들의 사진인 듯 역시 오래돼 적갈색을 띤 사진들도 있었다. 호이징턴의 수녀회에서 창설한 빈민학교 아이들이 새 학년에 올라가며 찍은 듯한 그 무렵의 오래된 사진도 — 그리고 보니 터퍼 부인은 빈민학교 출신치고는 꽤 성공했다! — 한 장 있

었다. 그리고 전에 한번 본 적이 있는 결혼사진, 누리
끼리해진 결혼 증명서, 집문서 등도 있었다. 난 이 모
든 것에서 터퍼 부인의 이름이 디나라는 사실을 발견
했지만, 그 이상은 아무것도 알아내지 못했다.

시간이 늦었지만 도통 잠이 오질 않아 일을 계속했
다. 부엌과 응접실을 정돈하며 살펴보는 중엔 힘을 좀
보충해야겠다는 생각에 빵 한 덩어리를 찢어 꾸역꾸
역 입에 넣기도 했다. 그렇게 남은 빵 껍질을 우물우물
씹으며 이번엔 터퍼 부인의 침실을 공략하기 위해 위
층으로 터벅터벅 올라갔다.

그러나 그전에 서둘러 해야 할 일이 있었다. 나는 밀
실에 들러 갈수록 불편해지는 코르셋, 가슴 강화제, 엉
덩이 보정기 및 메썰리 양으로 꾸미는 데 필요했던 다
른 용품들을 벗어버리기 시작했다. 풍성한 금발 변장
까지 벗고 나서야 나지막이 한숨을 내쉬며 원래의 갸
름한 모습을 되찾을 수 있었다. 그렇게 실내복 차림에
양말만 신은 채 내 본래의 부드럽고 긴 머리와 쐐기
모양의 치즈 같은 내 본래의 얼굴로 계속해서 일하기
시작했다.

터퍼 부인의 모든 옷장 서랍은 그 안에 있던 옷이
전부 끄집어내진 탓으로 텅텅 비어 있었다. 그래도 혹
시나 어떤 메시지라든가 서류가 숨겨 있을지 모른다

는 생각에 촛불을 켜 들고 옷장의 바닥 구석까지 살펴보았다. 심지어 옷장의 뒷면을 살펴보기 위해 옷장을 벽장에서 당겨내 각 서랍을 샅샅이 살피고 다시 제 위치에 가져다놓기도 했다. 하지만 찾은 거라곤 아무것도 없었다.

나는 한숨을 내쉬며 침대와 바닥에서 옷을 하나하나 주워들기 시작했다. 터퍼 부인의 소박하고 사랑스러운 여성용 구식 나팔바지를 서랍에 다시 집어넣기 위해 접고 있는데 문득 눈물이 주르륵 흘러내렸다. 침실에 낯선 남자들이 들어와서는 무자비한 손으로 서랍의 속옷까지 들춰낸다고 한번 상상해보라! 이 얼마나 끔찍한 일인가!

텅 빈 장롱을 살펴본 뒤 그 안에 널브러진 옷가지들을 옷걸이에 거는데 애끓는 분노가 가시지 않았다. 터퍼 부인은 선하고 점잖은 여성이었다. 모슬린 블라우스와 모직 스커트를 만지작거리는데 문득 부인이 이 중 일부를 단정히 바느질해 평일에 입었을 것 같은 생각이 들었다. 또 틀림없이 납치당할 때 블라우스와 스커트, 앞치마, 주름 장식을 단 챙 없는 모자를 쓰고 있었을 것 같았다. 아, 얼마나 괴로웠을까? 터퍼 부인은 길거리에 나설 때면 평소 입던 앞치마나 풀 먹인 하얀 '피너(앞치마나 소매 없는 간단한 모양의 옷-역주)'와 챙 없는 모자는 모두 벗어버리고, 반드시 보닛(아기들이나 예전에 여자들이 쓰던, 끈을 턱 밑에서 묶게 되어 있는 모자-역주)을 쓴 후에야 외출하곤 했다.

보통 스커트는 일상복이고 특별한 경우 드레스를 입었는데 터퍼 부인은 이 드레스를 관리할 때도 매사에 그렇듯 검소하고, 적절하며, 자신이 정한 규칙대로 관리했다. 부인이 가진 옷은 총 네 벌뿐이었다. 매년 봄이면 부인은 자신의 나이와 초라한 형편에 알맞으면서도 현재 유행에 뒤떨어지지 않는 새롭고 쓸 만한 드레스를 구입하는 데 총력을 기울였다. 그리고 매년 겨울엔 오래된 옷 중 하나를 뜯어 얼룩이 없는 면으로 돌린 다음, 최신 유행을 반영하기 위해 자르고 다듬어 '수선'했다. 그렇게 부인은 수선해서 쓸 만한 가치가 없는 옷은 버렸다. 예를 들어, 등 쪽이 선반같이 우스꽝스럽게 돌출돼 있던 허리받이는 유행이 지난 지 채 일 년도 되지 않아 버렸다.

그런 연유로 바닥에서 다른 옷 중 유독 드레스 하나가 눈에 띄었을 때 좀 놀랄 수밖에 없었다. 그 드레스는 최신 유행을 따르는 여성이라도 현관에 치마폭을 맞춰 입기 어렵던 그 옛날 옛적의 크리놀린 드레스였다. 잘 만들어진 이 드레스의 허리 아랫부분에는 페플럼(블라우스나 재킷 따위의 허리 아랫부분에 부착된 짧은 스커트 모양의 주름 장식-역주)이 있었고, 어깨에는 주름 장식이 있었으며, 30년 전 방식의 꽉 찬 원 모양으로 퍼져 있는 방대한 스커트 안쪽에는 진한 청색 실크가 기다랗게 달려 있었다.

이 유물을 보관한 건 혹시 검소한 터퍼 부인이 귀한 천을 보존하려던 것이었을까?

하지만 부인이라면 이것을 조각조각 잘게 잘라 이미 오래전에 활용하지 않았을까?

혹 감상용 기념품이었을까? 그게 아니면 부인의 웨딩드레스였을까? 그렇담 보관하기에 충분한 이유가 되었을 게다.

그렇지만 그건 아니다. 전에 터퍼 부인의 결혼식 사진을 본 적이 있는데 사진 속에 이 옷은 없었다.

그렇다면 그렇게 검소하고, 옷장 공간도 별로 없는 그녀가 도대체 왜 이 풍성한 드레스를 보존하고 있었을까?

게다가, 바닥에 널브러진 또 하나의 옷을 발견한 순간, 난 다시 한번 흠칫 놀랄 수밖에 없었다. 부인은 이 드레스의 크리놀린(긴 치마 안에서 후프형 테두리 모양으로 치마의 실루엣을 돋보이게 해주던 치마 속 버팀대-역주)도 아직 보관하고 있었던 것이다!

4장

친애하는 독자라면 내가 그 순간 '새벽 동이 트고 있었다'라고 했을 때, 이 말이 그저 자리나 뜨려고 던진 은유적 표현이 아니고 사실 그대로를 말하고 있는 것임을 이해하리라 믿는다. 나는 밤을 꼴딱 새우고 있었고, 멍한 상태로 어떤 분석적인 통찰도 없이 그저 물끄러미 크리놀린만 바라보고 있었다. 딱 어리둥절한 표정의 어린 소녀마냥. 1860년대나 그 무렵 이후엔 이런 우스꽝스러운 드레스를 입는 사람이 아무도 없는데 왜 터퍼 부인은 아직도 이걸 가지고 있었던 걸까?

리넨과 말 털 원단으로 만들어진 크리놀린을 집어 들어보니 원단의 무게감과 뻣뻣함이 느껴졌다. 지금은 비록 뻣뻣하지도 않고 많이 납작해져 있지만, 한때는 이 크리놀린이 가장 무거운 약 8미터 길이의 주름 장

53

식 스커트마저 지탱할 만큼 대단한 틀이었다는 게 새삼 느껴졌다. 층층이 쌓인 페티코트 형태의 이 크리놀린은 위에서 아래를 향해 엄청 넓어지는 구조로, 꽃으로 수놓은 튼튼한 그로그램(올이 조밀하고 뚜렷한 가로무늬가 있는 직물-역주) 리본이 그 솔기들을 덮고 있었다.

어느새 난 꽃이 만발한 듯한 그 장식물들을 넋 놓고 바라보고 있었다.

대부분 유복한 젊은 아가씨들과 달리, 나는 수놓는 법을 배운 적이 없다. 응접실에서 누리는 그런 품위를 경멸한 서프러지스트(Suffragist. 1860년대부터 시작된 여성 참정권 운동에 참여한 사람들로 국회의 선거법 개정 요구나 평등법안 입법 요구 등 정치적 활동을 통해 여성들의 권리를 향상시키고자 노력함-역주) 엄마 덕분에 나는 밀랍 장미를 만들거나, 조개껍질을 끈으로 묶거나, 외알 안경케이스를 구슬로 장식하는 대신 책을 읽고, 자전거를 타고, 숲을 돌아다니고, 마음껏 나무를 올라탔다. 물론 긴 양말의 구멍 난 곳을 꿰매거나 솔기를 수선하는 것 같은 일상 바느질법까지 몰랐던 건 아니다. 하지만 장식을 위한 바느질을 따로 해본 적은 없었다.

그런데 역설적이게도 그때 난 스스로도 당혹스러울 만큼 분홍색, 복숭아색, 노란색, 라벤더색, 그리고 또 다른 사랑스러운 파스텔톤 꽃으로 수놓은 푸른 리본이 달린 크리놀린 장식품에 감탄을 금치 못하고 있었다. 수놓은 꽃들이 정말이지 너무나도 예쁜 나머지 나도 한번 수놓는 법을 익혀두면 좋겠다는 마음마저 들었다. 심지어 『걸즈 오운 페이퍼Girl's Own Paper』지에 실린 일부 기본 바느질법에 대해 개인적으로 익힌 적도 있다. 음, 그렇지만 사실 내가 크리놀린의 리본에서 알아본 바느질법은 프랑스식 매듭(바늘에 2회 이상 실을 감아 원래 구멍으로 뽑아 만든 장식 매듭-역주)과 레이지 데이지(가느다란 동그라미의 끝에 작은 스티치로 여미어놓은 꽃잎 모양의 스티치-역주)가 전부였다. 비록 이렇게 수놓아진 리본을 전에 본 적은 없지만, 나는 어떤 반복적인 패턴이라도 있을까 하여 유심히 살펴보았다. 하지만 푸른 그로그랭에 야생 장미와 별 모양의 꽃이 소박하고 귀엽게 수놓아져 있는 것 외엔 색과 배열에 어떤 패턴도 없었다. '간단하고 꽤 매력적인 자수'라고 생각하며 더 가까이 들여다보았다. 별 모양의 꽃은 다섯 개의 레이지 데이지로 고리 모양을 연결한 후 프랑스식 매듭으로 마무리한 자수였고, 작은 장미는 세 번 정도만 간단히 교차하여 수놓은 자수였다.

그런데 대체 지금 내가 무슨 생각에 빠져 있던 거지? 내 불쌍한 귀머거리 집주인이 실종되었거나, 납치되었거나, 부상당했거나, 심지어 다른 곳으로 보내졌

55

을지도 모르는 이 판국에 *자수 구경 놀음이나 하고 있다니!?*

　나는 크리놀린을 옷장에 밀어 넣으며 부인의 행방에 대한 단서를 얻는 데 도움이 될 만한 것을 계속해서 찾기 시작했다. 그렇게 남은 옷가지들까지 마저 옷장에 넣은 후 부인의 침대를 다시 제자리에 갖다놓으며 다시 한번 살펴보고, 또 침실용 탁자와 세면대 밑도 살펴보고, 심지어 쌓여 있는 가십 및 패션 정기 간행물까지 살펴보았지만, 도움될 만한 거라곤 하나도 없었다. 하물며 카펫까지 들춰보았으나 그 밑에도 건질 건 아무것도 없었다. 한숨을 내쉬며 부인의 침대에 걸터앉은 나는 주위를 둘러보면서 계속 단서를 생각해내려고 애썼다. 그러다가 바닥도 내려다보고, 벽도 자세히 살펴보았다. 또 이번엔 천장의 석고조각도 좀 살펴보기 위해 드러누웠다…….

　겨우 한두 시간쯤 지났을까, 플로리가 나를 깨웠다.
　"오, 메쉴리 아가씨." 그녀가 숨을 헐떡이며 말했다.

"아가씨가 이렇게 해놓은 건가요…… 모든 램프가 다 켜져 있는 데다 아가씨는 아래층에서도 안 보이고 방에도 흔적조차 없길래 전 그놈들이 와서 아가씨마저 잡아간 줄 알았어요!"

"뭐? 누구?" 순간 내가 어디에 있었는지, 무엇을 하려고 했는지, 심지어 *누구였는지*도 까먹은 채 중얼거렸다. 메쉴리 아가씨? 어, 내 이름은 에놀라 홈즈인데…….

"메쉴리 아가씨," 플로리가 걱정스럽게 말했다. "아가씨다워 보이지 않아요. 터퍼 부인과 그 외 모든 일을 걱정하느라 하룻밤 사이에 엄청 살이 빠지셨네요. 아가씨가 아직 살아 있다는 게 놀라울 정도예요."

그 소박한 소녀는 충전물로 가득한 옷을 입지 않은 내 본 모습이나, 평소 얼굴 분장을 위해 입과 콧구멍에 쑤셔 넣던 고무 충전물을 끼우지 않은 내 본 모습을 본 적이 없었다. 꽤 다른 버전의 내 모습만 보아왔던 그녀의 눈엔 분명 지금의 이런 변화가 터퍼 부인의 실종 때문에 생긴 거라고 생각하는 눈치였다.

"부인은 이미 죽었을지도 몰라요. 저희 엄마가 그러시는데…….."

그 말을 듣자 뭔가에 한 대 얻어맞은 듯 정신이 번쩍 들었다.

"플로리, 제발 그 입 좀!"

터퍼 부인이 살해당해 죽었다? 그런 터무니없는 소리! ― 뭐, 어쩌면 말이 되는 소리일지도 모르겠다 ― 그래도 그 말은 차마 입에 담을 수 없는 말이었다.

플로리는 입을 다물지 않았다. "하지만 산 사람은 살아야죠. 보나마나 드신 것도 없을 테니 어서 달걀과 차라도 좀 드세요."

순간 어설프게 뼈만 앙상한 몸에 동그란 꼬마 얼굴을 한 이 아이가 참으로 묘한 존재로 느껴졌다. 세상에, 날 돌봐주려 하다니. 부인의 침대 가장자리에 앉으려는데 하마터면 생뚱맞은 웃음이 피식 튀어나올 뻔했다. "플로리," 내가 부드럽게 물었다, "터퍼 부인에 대해 들은 거라도 좀 있니?"

"아가씨가 이걸 소식이라고 여길지나 모르겠네요. 부인이 붉은 무정부주의자들에게 납치당했다는 둥, 조선소에서 온 갱단에게 당했다는 둥, 심지어 잭 더 리퍼(토막 살인마 잭으로 불리는 영국의 유명 연쇄 살인마-역주)에게 납치당했다는 둥 고작 이러쿵저러쿵하는 게 다라서요."

문득 플로리가 몸을 부르르 떨었다.

"그럴 리가 없죠, 아가씨? 터퍼 부인은 정숙한 분이었잖아요."

그 아이가 과거시제로 말하는 게 신경이 거슬렸다.

"부인은 지금도 정숙한 분이지. 그건 그렇고, 플로리, 네 말이 맞아. 어떻게 해야 좋을지 더 잘 생각하려면 뭘 좀 먹어야겠어." 셜록 오빠에 대한 왓슨 박사의 설명에 따르면, 굶주림과 수면 부족은 위대한 탐정의 정신을 더욱 예리하게 해준다지만 — 음, 안타깝게도 난 휴식을 포기할 순 없었다 — 난 휴식을 취하고 음식을 먹을 때 내 신체 기능이 훨씬 더 잘 작동한다는 걸 알았다.

"맞아요, 아가씨." 플로리가 아래층으로 내려가기 시작했다.

나도 몸을 돌려 그 아이를 따라 방에서 나오려는데 문득 여전히 열려 있는 옷장과 그 내용물에 내 시선이 꽂혔다.

"플로리," 그 아이를 불러 세우며 물었다. "터퍼 부인이 왜 이걸 보관하고 있었는지 와서 좀 봐줄래?" 나는 구식의 정교한 청색 실크 드레스를 꺼냈다.

"아, 네, 아가씨!" 플로리가 상당히 신난 눈치로 다시 침실로 뛰어 들어왔다.

"부인이 한번 보여준 적 있어요, 아가씨. 어떤 여자분이 그 옷을 부인에게 주셨다는데 제 이름도 그 여자분의 이름을 따서 지은 거라면서요. 그런데 사실 정확히 말하자면요, 제 이름은 제 이모의 이름을 따서 지은 거고, 제 이모 이름이 바로 그 부인의 이름을 따서 지은 거거든요."

빌어먹을, 재잘거리는 이 아이 때문에 머리가 지끈

지끈 아파왔다. 하지만 별다른 도리가 없던 터라 꾹 참으며 아이의 말을 끝까지 들었다.

"누구?"

"그 여자분이요, 아가씨, 터퍼 부인에게 그 옷을 준 사람이요!"

나는 깊이 숨을 들이마셨다. "다시 말해봐, 플로리. 천천히…… 누가 이 옷을 부인에게 주었다고?"

나를 기쁘게 해주려던 플로리가 고민에 빠진 듯 얼굴을 찡그렸다.

"그분의 이름은 정확히 기억나지 않아요, 아가씨. 하지만 그 당시 유명한 분이셨어요. '플로'라는 이름의 이모가 태어났을 때 사람들은 그분을 '등불을 든 여인'이라고 불렀대요. 그런데 최근 몇 년 동안 아무도 그분의 소식에 대해 들진 못했어요."

'등불을 든 여인'이라 불리던 이 여인에 대해 터퍼 부인이 뭔가 말한 적이 있던가? 약간의 긴장감이 흐르면서 내 지쳐 있던 뇌가 가동하기 시작했다. 부인은 내게 34년 전, 그러니까 지금은 잊힌 크림 전쟁 때 일을 언급했었다. '게다가 그녀는 제게 멋진 옷도 주었죠. 그 옷은 제가 결혼할 때 입던 것보다도 좋은 옷이었어요.' 그렇다면 지금 내가 손에 쥐고 있는 이 옷은 1800년대 중반의 크리놀린 드레스가 틀림없다.

"자 다시 물을게. 그 부인의 이름이 뭐였지?" 플로리가 뭔가를 중얼거렸지만 도통 알아듣기 어려웠다.

한때 유명했지만 서서히 잊히고 있으며 지금은 십자말풀이처럼 알쏭달쏭한 그 이름…… 하지만 그 이름이 과연 지금 당면한 이 시급한 문제와 무슨 관련이 있을까? "그게 뭐든 상관없어." 나는 다시 옷을 장롱에 넣고 장롱문을 닫았다. "따라와, 플로리."

그 아이는 내 말대로 내 뒤를 따라 아래층으로 내려왔다. 하지만 계속 뭔가를 중얼거렸다. "플로렌스. 플로렌스 뭐였는데……."

내가 부엌 의자에 털썩 주저앉자 그 아이가 차를 준비하기 위해 주전자를 불에 올렸다.

"특이하면서도 뭔가 어두운 이름이었는데…… 블랙웰? 블랙우드? 블랙버드?"

갑자기 머릿속에서 번득이듯 이름 하나가 떠올랐다. "플로렌스 나이팅게일!"

"맞아요!" 플로리가 크게 안도하며 수선을 떨었다. "나이트-인-가올, 분명 가족 중에 악당이 껴 있을 거예요. 하지만 그분은 모든 면에서 상냥한 분이었죠."

"나이트-인-가올이 아니고!" 말투에서 귀족적 억양을 지우는 것도 잊은 채 내가 불쑥 그 아이의 말을 가로막았다. 피로와 짜증이 몰려온 탓이었다.

61

"발음을 똑바로 해야지. 나이팅게일은 그저 개똥지
빠귀 과에 속하는, 감미롭게 지저귀는 새로서……."

그 순간 마치 초상화 사진사의 카메라 섬광(당시 사
진 촬영에서는 마그네슘 가루와 염소산칼륨 가루의 혼합물로
섬광을 일으켰음-역주) 같은 감정이 번득 일면서 나는
거의 탁자를 뒤엎을 정도로 벌떡 일어섰다. "맙소사!"
나도 모르게 탄성이 터져 나왔다. "그 버드였어!"

5장

그 등불을 든 여인은 이미 죽은 게 틀림없는 것 같다. 내가 만나본 크림 전쟁 당시 청년 참전 용사들은 하나같이 죽음의 문턱에서 허덕이고 있었기 때문이다. 하물며 당시 플로렌스 나이팅게일은 이미 중년(1854년 크림 전쟁이 발발할 당시 1820년생인 나이팅게일의 나이는 서른네 살이었음-역주)의 나이가 아니었던가? 게다가 수년간 그녀의 이름이 언급되는 걸 들어본 일이 없으니, 아마도 그녀는 이미 죽은 지 오래이리라. 다만 나이팅게일 가문의 일부 생존자는 터퍼 부인의 과거나 심지어 현재 행방에 대해서도 알고 있을 수 있다. 사실 이건 아주 보잘것없는 단서에 불과했다. 하지만, 물에 빠진 사람이 지푸라기라도 잡는 심정으로 꼭 캐보려 한다. 그게 현재로서 내가 가진 유일한 단서니까.

약간의 빵과 차를 꾸역꾸역 먹어 치운 후, 옷을 차려입기 위해 위층으로 뛰어 올라갔다. 이번엔 어떤 변장이 좋을까? '메쉴리 양'은 너무 서민 쪽에 치우친 노동자 계층이어서 존경받기도 어렵고 필요한 곳에 출입하기도 어려웠다. 하지만 처음부터 상류층으로 설정한 '비올라 에버소우 양'은 변장에 몇 시간이나 걸렸다. 내게 지금 그럴 시간 따윈 없었다. 하는 수 없이 옷장에 있는 옷 중, 폭이 좁고 평범한 벽돌 색깔의 메리노(털이 길고 고운 양의 품종—역주) 드레스를 골라 낚아채듯 꺼내 들었다. 문득 손이 부르르 떨려왔다. 옷을 갈아입은 후 내 번지르르한 흑갈색 머리는 올려서 쪽을 지고, 뼈만 남은 비쩍 마른 얼굴에는 자라 등딱지로 만든 테 안경을 썼다. 이런 차림으로 대영박물관에 나타난다면, 아마도 일종의 운동을 옹호하고 공부에 집중하는(독선적인 남성들에게 방해받지 않고 공부하려는) 상류층 여성, 그러니까 결혼 따위엔 관심도 없는 진보적인 젊은 여성이자 일종의 교양 있는 여성으로 통할 것이다. 물론 예뻐 보이려는 교양 있는 여성이라면 절대 안경 같은 건 쓰지 않을 테지만 말이다.

거울을 들여다보니 안경이 꽤 맘에 들었다. 안경의 묵직하고 어두운 테가 얼굴뿐 아니라 특히 처음 본 사람이라면 놀랄 만큼 기다란 내 코를 가려주었기 때문이다. 훌륭해. 난 아무도 알아채지 못할 만큼 자유로운 사고의 독신녀로 위장했다. "플로리, 내가 돌아올 때까지 여기 있어줄래?" 힘차게 발을 내디디며 이렇게 말할 때쯤 나는 이제 재킷만 걸치고 장갑 — 물론, 잉크 자국이 남은 장갑 — 만 바꿔 끼면 되는 상황이었다. 누군가 소식을 가지고 올 수도 있었기 때문에 나는 플로리가 집에 있었으면 했다.

"물론이죠, 아가씨." 그러나 나를 흘끗 쳐다보는 아이의 입 모양은 불안해 보였다.

"저기, 메쉴리 아가씨……."

"걱정하지 마, 플로리."

"아가씨가 터퍼 부인을 찾으실 건가요?"

"물론이지, 하지만 머지않아 부인이 알아서 집에 돌아오기를 바라보자."

아, 그러면 얼마나 좋을까!

이스트엔드의 거리는 언제나 불결한 인간들로 떠들썩했다. 누더기 차림의 거의 굶어 죽어가는 부랑아가 보이는가 하면, 곪아가는 끔찍한 '화상 자국'으로 고통받는 거지도 보였고, "푸딩과 파이요!" 또는 "진저 비어(생강 맛을 첨가하고 알코올 성분을 함유한 탄산음료-역주)요!" 또는 "생선이요! 신선한 청어요!"라고 고래고래

소리쳐대는 노점상들도 보였다. 또 세탁소 여직원들이며 온갖 일용직 노동자들이 서둘러 도시로 출근하는 동안, 근육질의 키 큰 일꾼 한 명이 자기 머리보다 훨씬 큰 격자무늬 천 모자를 쓰고는 한가로이 걷고 있는 모습도 보였다. 그런 속도로 가다가는 직장에 늦을 게 뻔했다.

마치 여기서부턴 악취가 덜하고 수준 높은 거리가 시작된다고 알리는 듯한 빛과 위생의 기념비 격인 (꼭대기에 거창한 등이 달린) 6미터 남짓의 거대하고 흉물스러운 앨드게이트 펌프(Aldgate Pump. 런던 앨드게이트 거리에 있는 물을 끌어 올리는 커다란 펌프 – 역주)를 지나고 나서야 나는 마차를 부를 수 있었다. 때마침 마차 한 대가 멈춰 서자 마부에게 행선지를 알렸다. "플로렌스 나이팅게일 간호학교로 가주세요."

"예, 모십죠, 아가씨." 그렇게 정작 나 자신은 잘 몰라도 마부는 내 행선지를 잘 알 거라 추측하면서 2인승 이륜마차의 비어 있는 좌석에 올라타 앉았다. 그러니까 난 단지 런던 어딘가에 그런 학교가 있다는 말만 들었을 뿐이다.

내가 탄 마차가 빠른 속도로 나아갈 때 우리 마차의 마부가 다른 마차의 마부에게 "이봐! 간호학교가 어디야?"라고 묻는 소리가 들렸다.

알고 보니 그 간호학교는 런던 브리지를 가로질러 템스강 건너편인 성 토머스 병원의 인근 램버스 지역에 있었다. 마차에서 내려 마부에게 돈을 지불하려는데 문득 젊은 여성 둘이 5월의 햇살을 받으며 마치 무슨 임무라도 수행하듯 짝지어 작은 정원 길을 거니는 모습이 보였다. 풀 먹인 흰 칼라며, 앞치마며, 갈색 드레스 위의 모자가 어찌나 볼품없던지 오죽하면 내 메리노 드레스가 멋져 보일 정도였다. 보아하니 그들은 수련 중인 간호사들 같았다.

내게 말을 걸기는커녕 쳐다보기도 꺼리는 듯싶은 그들을 뒤로한 채 나는 크기만 클 뿐 호감이라곤 전혀 안 가는 벽돌 건물의 큼지막한 정문으로 다가갔다. 그런 다음 노크를 한 후 '안으로 들어가시오'라는 작은 명패의 안내에 따라 그렇게 했다.

이어서 또 다른 표지판에 그려진 손이 가리키는 방향을 따라 사무실로 향했다. 사무실 안으로 들어서자 사람의 생기를 쏙 빨아먹을 것같이 생긴 수간호사가 검은 간호복 차림으로 날 평가라도 하듯 위아래로 훑어보았다. 맙소사. 그녀는 내가 여기 견습생 지원이라도 하러 온 줄로 아는 듯했다. 잔뜩 짜증이 난 나는 어느새 신경질적으로 마구 지껄여대고 있었다. "제가 여기에 온 건 그게 아니라 — 그러니까 — 그게 아니라,

음 — 그러니까 개인적인 문제로 나이팅게일 가족의 일원을 찾고 있어요."

말라빠진 여자가 눈을 여러 번 깜박이더니 이내 물었다. "어떤 일원이죠?"

"저, 음, 그러니까 플로렌스 나이팅게일 씨요."

나는 매우 조심스럽게 '그 유명한 독신녀에 대한 인터뷰가 더는 가능할 리 없겠죠.'라고 말하려다가 더 이상 말하지 않았다. 뜻밖에도 그 수간호사가 흔쾌히 고개를 끄덕이며 종이 한 장을 집어 들었기 때문이다. 수간호사는 집어 든 종이에 뭔가를 적더니 그것을 내게 건네주었다.

"사우스 스트리트 35번지," 나는 주소를 소리 내어 읽고는 깜짝 놀라 고개를 들었다. "나이팅게일 씨가 *살아 계신가요?*"

내가 꽤 감상적으로 보였던지 그 나무토막 같던 수간호사가 싱긋 웃었다. "오, 그렇고말고요. 전혀 외출은 못 하시지만요."

오, 세상에, 그녀가 살아 있는데도 나와 말을 할 수 없다면 그건 견딜 수 없을 것 같았다. "몸이 좀 편찮으신가요? 아니면, 음, 정신이 좀 오락가락하신다든지?"

"노망이 들었냐고요? 아뇨." 그 바짝 마른 막대기 같은 수간호사가 이번에는 정말로 킥킥거리며 웃어댔다.

"자주 아프시거나 그런 건 아니고요. 다만 크림반도에서 집으로 돌아와 침상에 누우신 후론 그냥 자주 나가지 않으세요."

"그분은, 음, 그러니까 병약한 상태이신가요?" 병약자라니, 별로 좋은 소식은 못 되는 듯했다. 내가 알기로 병약자들은 짜증을 잘 내고, 꾀병을 부리고, 건강을 회복하려는 의지 따윈 잊은 채 갖가지 요구만 일삼는 자들이었기 때문이다. 대부분 영국 상류층 가정은 한 번쯤 병약자의 불합리한 요구를 들어주느라 애먹곤 했다. 좌절한 많은 여성이 이래라저래라하는 게 좋아서 걸핏하면 앓아눕곤 했던 것이다. 사실, 나도 엄마가 도망간 후 몇 주 동안 그렇게 했다. 비록 내 경우엔 불쾌함을 피하려고, 특히 마이크로프트 오빠를 피하려고 그랬지만 말이다.

하지만, 거의 35년을?

수간호사가 말했다. "그보단 그분이 스스로 병약자로 불리는 걸 택했다고 볼 수 있죠. 하지만 그분이 병역자라면 틀림없이 런던에서 가장 활동적인 병약자일 거예요." 말을 마친 수간호사가 마치 어린애라도 다루듯 내게 나가라고 손짓했다. "이제 그만 가보셔요. 산책 나간 실습 간호사들을 불러들일 때라서요."

밖으로 나갈 때 내 마음은 '한때 영웅이었으나 지금

은 병약자'인 플로렌스 나이팅게일에 대한 당혹스러움으로 가득 찼다. '여기에 숨은 약점을 지닌 왕년의 영웅(동상을 세울 만한 대단한 인물)이 누워 있구나.' 터퍼 부인의 운명에 드리워진 이 어둠에 과연 그 옛날 '등불을 든 여인'이 조금이라도 빛을 비출 수 있을까?

램버스는 정돈된 지역으로, 아침나절 거리엔 사람도 별로 없었다. 나는 놀랍게도 행인 중 한 사람이 좀 전에 이스트엔드에서 봤던, 자기 머리보다 훨씬 큰 격자무늬 모자를 쓰고 한가로이 걷던 그 일꾼이란 걸 알아챘다. 아마도 이 근처에서 일하는 듯했다.

마차 정류장을 찾은 나는 다른 이륜마차에 올라탄 후 마부에게 사우스 스트리트 53번지로 가달라고 말했다.

내 말을 들은 마부가 주춤하더니 큰 목소리로 불쑥 되물었다. "*메이페어* 말씀인가요, 아가씨?"

나라고 마부보다 덜 놀란 건 아니었지만 그래도 태연히 말을 이어갔다. "거기가 사우스 스트리트가 있는 곳인가요?"

"네, 아가씨."

"그럼 거기로 가주세요."

마부가 내 말을 제대로 들었는지 확인해본 건 그다지 놀랄 일도 아니었다. 메이페어는 런던에서도 외지인에게 가장 배타적인 곳이었기 때문이다. 사람들의 뇌리에 인도주의적인 대의를 위해 자신의 삶을 희생한 여성으로 남아 있을 나이팅게일! 그런 그녀가 어디에 사는지 내 알 바는 아니었지만, 부유하고 권력 있는 사람들이 사는 이 메이페어란 곳은 왠지 아닌 듯했다. 플로렌스 나이팅게일이 부유했던가? 이제 와 생각해보니 그분이 그 모든 놀라운 일들을 할 수 있었던 데는 상당한 수단이 밑받침되어 있었던 게 틀림없다. 하지만 그렇게 상당히 부유한 가정에서 태어났다면 왜 하필 크림반도의 피비린내 나는 불결한 병원으로 갔을까? 그리고 왜 지금은 스스로를 침대에 가둬둔 채 아첨꾼들 사이에서 살아가고 있을까? 마차를 타고 달리는 동안 플로렌스 나이팅게일에 대한 온갖 의구심과 호기심이 마구 솟구쳤다.

그러나 아무리 많은 생각과 추측에도 마침내 레인파크 공원 옆 사우스 스트리트 35번지에 도착했을 당시 펼쳐진 광경은 전혀 예상치 못한 것이었다. 그 집은 정말 하이드 파크 공원 경치를 마음껏 만끽할 만한 적재적소에 자리하고 있었다! 게다가 이 집은 크고 멋진 4층짜리 벽돌 건물로, 주변은 연철 난간으로 둘러싸여 있었고 여러 덧문과 장식물엔 풍부한 절제미가 돋보이는 초록색 칠이 되어 있었다.

여러 번의 심호흡 끝에 위쪽으로 작은 채광창이 나 있는 위엄 있는 현관문을 향해 돌계단을 올라간 나는 윤이 나는 황동색 고리쇠를 두들겼다. 분명 무시무시한 집사가 거의 심문을 하듯 몰아붙이며 날 맞이할 것만 같았다. 또 이내 조용하고 푹신한 카펫이 깔린 서재나 거실로 안내해서는 나 혼자 상당한 시간을 기다리게 할 듯싶었다.

그런데 문이 열리자 나타난 사람은 집사도 하인도 아닌 소년이었다. 소년은 최신 유행의 트위드 정장에 무릎 바로 밑에서 조이는 헐렁한 반바지와 조금 긴 듯한 무두질한 각반(걸을 때 발목 부분을 가볍고 간편하게 하기 위해 발목에서 무릎 아래까지 바지 위에 감거나 둘러싸는 보호대-역주)을 착용하고 있었다. 내게는 거의 눈길 한 번 주지 않은 소년이 옆으로 비켜서며 말했다. "들어오세요."

순간 문 안쪽에서부터 사람들의 웅성거리는 소리가 들려왔고 차, 페이스트리, 꽃꽂이 꽃으로 뒤범벅된 향기가 물씬 풍겨왔다.

"아, 뭐라고 하셨죠?" 다소 당황한 내가 되물었다. "제가 혹시 방해가 됐나요?"

"천만에요." 소년이 짧은 웃음을 지으며 말했다. "매일 이런걸요. 들어오세요."

그 목소리에서 주저하지 말고 들어올 거면 빨리 들어오라는 눈치를 감지한 나는 소년의 말대로 얼른 넓고 밝은 복도로 들어섰다.

그 복도는 또 다른 거실, 서재, 오찬 장소, 식당 등 여러 개의 널찍한 공간들로 이어져 있었다. 각 공간에선 시티 슈트(클래식한 멋이 특징인 테일러드 슈트에 세련된 감각을 더한 슈트-역주)를 입은 남자들과 방문복을 입은 여자들이 잡담을 나누거나, 차를 마시거나, 서류를 읽거나, 글을 쓰거나, 혹은 그중 여러 가지를 동시에 하고 있었다. 이런 광경 앞에, 안 그래도 정신이 혼미한데 그 많은 사람 중 총리를 지낸 글래드스톤 씨도 포함되어 있는 걸 본 순간 상당한 충격이 밀려왔다.

아주 짧은 시간이라도 나이팅게일이 내게 집중하도록 하는 일이 얼마나 어려울지 가히 예상이 가기 시작했다.

6장

마치 바람이 없어 정지된 배마냥 나는 문 바로 안쪽부
터 나 있는 사이잘(용설란과에 속하는 식물로 그 잎에서 섬
유를 뽑아 로프나 바닥 깔개 등의 직물을 짜는 데 사용-역
주) 카펫 위를 정처 없이 표류하고 있었다. 나를 들여
보내준 젊은 남자는 이제 어디에도 보이지 않았다. 도
통 어떻게 나아가야 할지 감도 안 오는 상황에서 나는
당황한 채 복도의 가구들을 살펴보았다. 모자걸이, 거
울, 우산대를 모아 일체형으로 만든 독창적이고 멋있
는 긴 안락의자들, 여닫이창이 달린 커다란 시계, 크
림반도 산으로 추정되는 기념품들이 비치된 캐비닛들
이 눈에 띄었다. 또 벽에는 꽃들로 가장자리를 장식한
'인내와 끈기는 이긴다', '진보 없이는 퇴보할 뿐이다'
와 같이 섬세하게 수놓은 좌우명들도 걸려 있었다.

내가 '진보 없이는 퇴보할 뿐이다'라는 좌우명 자수를 유심히 들여다보는 동안, 틀림없이 하인은 아닌 듯 보이는 실크 드레스 차림의 젊은 여자 하나가 쟁반에 레모네이드 한 주전자와 유리잔 몇 개를 든 채 나를 쓱 지나쳐갔다. 지금 같은 연초엔 말벌 하나 없는데 주전자엔 굳이 (데이지꽃으로 섬세하게 수놓은) 덮개가 씌워 있었다. 그렇게 이 사랑스러운 좌우명 자수에 흠뻑 빠져 있는 내 앞으로 문득 이 아가씨가 잠깐 멈춰 서더니 불쑥 말을 걸어왔다. "병원 리모델링 일로 오셨나요?"

상냥한 어조로 묻는 그녀의 질문에 흠칫 놀랐다. 자세만 성숙했지 나도 모르게 열네 살 여자아이처럼 대답하고 있었기 때문이다. "으음, 아니요……."

"아니면 병원의 열악한 부분이라도 확인하러 오셨나요?"

나는 고개를 저었다.

"그렇담 육군 의료위원회 소속은 아니시겠네요." 그 젊은 아가씨는 활발한 태도로 계속해서 내 정체를 알아내려고 애썼다. "그럼 혹시 훈련 간호사 면허 위원회에서 오셨나요?"

마치 멍청한 아이처럼 고개만 가로젓고 있던 내가 간신히 말했다. "플로렌스 나이팅게일 씨에게 질문을 좀 하러 왔어요."

"아, 그건 어렵지 않아요. 서재 접수창구에서 크라울리 부인을 만나보세요." 그녀는 고개를 끄덕인 채 미소를 지으며 말했다.

화려하게 차려입고 날 안내해준 젊은 아가씨의 다소 나이 든 버전인 크라울리 부인도 내가 플로렌스 나이팅게일과 이야기하고 싶다고 하자 미소를 지으며 고개를 끄덕였다. 부인은 내 이름을 묻지도 않았다. 다행이었다. 오늘 어떤 일이 펼쳐질지 나조차 전혀 감도 오지 않았기 때문이다. 부인은 그 병약자에게 올려보낼 명함이나 소개장도 요구하지 않았다. 또 내 무단 침입에 대해서도 전혀 의심하지 않은 채 단지 가까운 자리에 앉도록 손짓하고는 펜과 잉크, 그리고 최고로 질좋은 아담한 고급종이 한 묶음이 갖춰진 무릎용 책상만 건네줄 뿐이었다.

하지만 그 뒤 이어진 크라울리 부인의 부드러운 안내 멘트에 난 당황할 수밖에 없었다.

"거기에 나이팅게일 씨에게 묻고 싶은 내용을 적으세요, 그러면 헐렁한 반바지를 입은 저 까칠한 소년이 그분께 그걸 전달해줄 거고, 이후 시간이 나는 대로 그분이 답장해드릴 겁니다."

당황한 내가 더듬거렸다. "그렇지만…… 그치만 전 정

말로 나이팅게일 씨와 직접 이야기를 나눠야겠는데요!"

순간 크라울리 부인의 얼굴에 뜻 모를 미소가 살짝 더 깊어졌다. "아, 그건 안 될 말이죠. 그게 불가능하다는 걸 전혀 모르고 있는 눈치군요." 부인의 목소리에 짜증을 억누르고 애써 친절히 말하려는 기미가 역력히 드러났다. "나이팅게일 씨와 직접 대화하는 사람은 아무도 없어요." 그 와중에 크라울리 부인이 홀의 건너편 현관 쪽을 향해 상냥하게 고개를 끄덕여 인사했다. 현관 쪽으로 글래드스톤 씨의 당당한 모습이 보였기 때문이다. "총리를 지낸 글래드스톤 씨 같은 분도 나이팅게일 씨에게 뭔가를 묻고 싶을 때는 문서로 써 보낸답니다. 그분들은 모두 그렇게 해요."

"하지만…… 하지만 만약 그분이 병약자라면 어떻게 그걸 다 읽고 답할 수 있죠?"

"아가씨, 그분이 침대에서 얼마나 많은 일을 해내는지 보면 놀라울 따름이랍니다. 그분은 식사도 혼자 하고, 끊임없이 일하죠. 언론에 자신의 이름이 언급되는 건 결코 허용하지 않지만, 방문자들에 대한 답장뿐 아니라 하루에 백 통이나 되는 편지를 쓰고, 개혁에도 중요한 역할을 해내고 있어요. 하지만 알 만한 사람은 다 알 텐데, 국회의사당Houses of Parliament엔 상원 의사당House of Lords과 하원 의사당House of

Commons 말고도 나이팅게일의 집House of Florence Nightingale이 있다고 할 정도죠."

내가 살짝 꼬리를 내리며 말했다.

"맙소사. 그런 줄 전혀 몰랐어요. 하지만 전 정말 나이팅게일 씨를 직접 만나야 해요."

"그건 전혀 가능하지가 않은 일이에요." 크라울리 부인의 목소리가 살짝 날카로워지기 시작했다. "보아하니 아가씨는 학자인 것 같고, 그렇담 글도 잘 쓸 것 같은데, 아닌가요?"

"하지만 이건 생사가 걸린 문제일 수도 있어요!"

그러자 크라울리 부인이 씨도 안 먹히는 얼굴로 되받아쳤다.

"나이팅게일 씨는 부모님이 살아 계실 때도 부모님을 뵌 적이 없고, 언니도 본 적이 없어요. 일부 예외를 제외하곤, 지난 30년간 아무도 본 적이 없죠. 그래서 더더욱 당신을 만날 가능성은 거의 없다고 봐요. 하지만 물론 물어볼 수야 있죠." 수간호사는 대화를 마무리하려는 듯 내 무릎에 있는 글쓰기 도구들을 가리켰다.

빌어먹을, 만약 이 특이한 집 벽에 담쟁이덩굴이라도 있었다면, 밖으로 나가 나이팅게일이 은둔하고 있는 방으로 기어 올라갈 시도라도 해봤을 텐데! 그러나 다른 방법이 없던 난 내 앞에 놓인 종이를 노려봤다.

비록 헛수고가 될 것 같긴 했지만 결국 이렇게 썼다.

나이팅게일 씨에게,
시간이 촉박한 관계로 단도직입적으로 말씀드리겠습니다. 한 나이 든 여자가 도둑인지 강도인지 모를 자들에게 납치되었는데, 아무래도 그녀가 크림반도에서 당신을 알게 되었고, 당신에게 전할 메시지를 갖고 있어서 그렇게 된 것 같습니다. 그녀의 이름은 디나 터퍼 부인이에요. 그 부인이 어디 있을지, 혹은 누가 데려갔을지 혹 알고 계실까요?

당신의 벗으로부터

나는 휘갈겨 쓴 편지를 접어 계속해서 미소 짓고 있는 크라울리 부인에게 건넸다. 부인이 고갯짓과 함께 내 편지를 받아들더니 이내 환대의 몸짓을 취하며 말했다. "차나 레모네이드 좀 드세요. 비스킷도요. 답장이 오면 연락이 갈 거예요."

필시 이 나이팅게일은 병약함을 무기 삼아 일종의 독재를 하고 있는 게 분명했다. 맘 같아선 완전 심통 사나운 여자로 머릿속에 박혀 있는 그녀를 당장 목이라도 졸라주고 싶었지만, 아무 일 없다는 듯 온화하게 머리를 끄덕이며 느긋하게 걸어 나왔다.

겉으론 아무 목적도 없는 체했지만 사실 난 이 집 내부의 어떤 면에 깊이 끌리고 있었다.

1층의 방들을 지나면서 보니, 수많은 방문객이 탁자에 놓인 핑거 샌드위치(주로 오후 간식용으로 쓰이는 손가락처럼 길쭉한 모양의 샌드위치-역주), 얇게 썬 과일, 따뜻한 페이스트리 등을 먹고 있었다. ― 진정으로 나이팅게일은 아낌없이 모든 환대를 베풀고 있었다. 단 자신의 존재를 드러내는 일은 빼고! ― 나는 수놓은 냅킨, 수놓은 식탁용 리넨과 의자 쿠션, 그리고 심지어 수놓은 잼 단지 덮개까지 유심히 살펴보았다! 잼 단지 덮개의 경우, 안에 보관된 잼의 풍미와 딱 어울리게도 산딸기, 포도, 복숭아, 살구, 딸기, 건포도, 또는 마르멜루(유럽산 모과로 마멀레이드 잼의 재료가 되는 과일-역주)가 정말 정교하게 수놓아져 있었다.

상류층 집에서 이런 여성스러운 자수가 넘쳐나는 건 어쩌면 당연한 일일지도 모른다. 하지만 조형 왁스 꽃들이나 집에서 만든 비단 전등갓, 조개껍데기를 모아 만든 장식용 작은 상자, 손으로 그림을 그린 유리 그릇 같은 여성스러운 공예품들은 지금껏 단 한 번도 본 적이 없는 물건들이었다. 아니, 본 적이 있던가? 이어서 앞쪽 응접실로 들어서니 소파에 장식 달린 덮개 대신 사랑스럽게 수놓아진 쿠션이 여럿 놓여 있었다.

또 벽에는 풍경 그림이 수놓아진 액자와 흔한 가족 초
상화가 한가득 걸려 있었다. 그 초상화 중 어떤 건 물
감칠을 한 것이었고, 어떤 건 사진으로 찍은 것이었으
며, 또 어떤 건 구식으로 윤곽의 안을 검게 칠해 사람
의 옆얼굴을 표현한 것이었다.

　나는 그중 사진으로 찍은 초상화들을 자세히 살펴
보았다. 다양한 두상 사진들이 보이는 가운데 일부는
옆얼굴이었고, 일부는 전신 결혼식 초상화였다. 또 일
부는 시골집 돌 문간에서 쉬고 있는 노인 남자와 정말
평범한 젊은 여자나, 또는 정원 테이블에서 차를 마
시고 있는 나이 든 남자와 별로 사랑스럽지 않은 여자
처럼 격식을 덜 차리고 찍은 사진들이었다. 그 모습들
을 보며 문득 저 사람들과 나이팅게일은 무슨 관계일
까 궁금해졌다. 그렇게 골똘히 궁리하고 있는데 때마
침 그 최신 유행의 헐렁한 반바지를 입은 까칠한 소년
이 다시 와서는 소위 범접할 수 없는 나이팅게일의 답
장으로 보이는 쪽지 하나를 불쑥 내밀었다. 엷은 보랏
빛 향의 종이에 은은한 보랏빛 잉크로 쓰인 그 쪽지는
내가 위층으로 보냈던 편지와는 상당히 대조적이었다.

　나는 그 답장을 받아들고 읽으려다가 잠시 멈춰 벽
에 걸린 초상화를 향해 손짓하며 그 청년에게 "미안하
지만 이 사람들이 누군지 말해줄래요?"라고 물었다.

"아! 그분들 중 대부분은, 말할 수도 없고 말하기도 조심스럽지만, 그분들은……."

그는 정원 테이블에서 차를 마시고 있는 나이 든 커플을 손으로 가리키며 말했다.

"윌리엄 에드워드 나이팅게일 씨와 패니 스미스 나이팅게일 씨로 플로렌스 나이팅게일 씨의 부모님이세요. 그리고 저 여자분은 (석조 출입구에 서 있는 다소 두꺼비 같은 얼굴의 젊은 여자를 가리키며) 프란시스 파르테노페 나이팅게일 씨로 가족의 고향인 엠블리에서 찍은 사진이네요. 보통 파르테 양이라고 불리는데 바로 플로렌스 나이팅게일 씨의 언니세요."

비슷한 두꺼비 상의 초상화들을 살피면서 나는 "이분들 중 어느 쪽이 플로렌스 나이팅게일 씨일까요?"라고 물었다.

"두 분 다 아니에요. 그분은 자신의 얼굴이 찍히거나 전시되는 걸 싫어하세요."

그녀가 언니를 닮았다고 해도 그게 그다지 놀랄 일은 아니었다.

오히려 그렇게 못생겼다면 그녀가 아직까지 독신녀로 남아 있고 나아가 그녀의 상태가 더 씁쓸해진다고 해도 새삼스러운 일이 아니지 않는가? 심지어 그녀의 가족으로부터도 거의 완전히 은둔하고 있지 않은가?

소년이 다시 자리를 뜬 후 나는 바이올렛 향기가 물 씬 풍기는 쪽지를 쳐다보았다. 회계 장부 담당자의 글 씨처럼 다소 작고 매우 정확한 글씨체였다.

저는 터퍼라는 성을 가진 사람을 전혀 알지 못하며,

유감스럽게도 당신을 난처하게 할 문제를 전혀 알지 못하는

상태에서 당신을 도울 수는 없습니다. 죄송합니다.

플로렌스 나이팅게일 올림

그게 다였다.

물론, 그녀가 말한 대로 될 리 없다는 것만 빼고 말이다. 나는 그렇게 되도록 내버려 두지 않을 것이다.

온갖 의문이 머릿속에 맴도는 가운데 나는 조용히 그 집을 나왔다.

아마도 그 집에 있는 누군가는 수놓기를 좋아했던 듯하다.

비록 아무도, 내가 아는 바로는, 수놓는 일에 대해 연구를 하거나 논문을 쓴 적은 없지만 (셜록 오빠가 담뱃재, 암호, 그리고 화학반응에 관한 논문을 쓰는 버릇이 있었던 것처럼) 가령, 필적과 같이 자수도 바느질하는 사람에 따라 앙증맞거나 대담하든지, 길쭉하거나 둥글든지, 꽉 끼거나 느슨하든지, 규칙적이거나 불규칙적이

든지 개인마다 다를 수 있다는 가설을 세우는 건 타당해 보였다.

뭐랄까, 플로렌스 나이팅게일의 집에 있는 자수는 매력적이고 쾌활하면서도 소박한 느낌이 있었다. 사실 난 전에도 이와 매우 비슷한 자수를 본 적이 있다.

바로 크리놀린의 리본에서였다.

이제 와 생각해보니 좀 이상했다. 리본은 비싼 장식이었다. 자수도 많은 시간과 노력을 요하는 장식이었다. 보통은 둘 중 어느 하나만으로도 충분하다고 여겨지는데 아무리 웨딩드레스라 해도 그 두 가지 장식을 다 하는 건 과한 사치였다.

그런데 왜 하필 크리놀린에 그런 아낌없는 노력을 기울인 걸까? 가장 대충 만들고 볼품없어도 될 듯한, 아울러 결혼식 날 밤 신랑에게조차 눈에 띄지 않을 그런 속옷에 말이다.

요컨대, 나는 집에 돌아가 그 초라한 옷을 다시 한 번 살펴보고 싶은 마음이 꽤나 간절해졌다.

7장

파크 레인을 따라 대중 교통편이 죽 늘어서 있었다. "여기요!" 나는 장갑 낀 손을 들어 올려 큰 소리로 마차를 불렀다.

"여기요!" 내 뒤를 따라 걷고 있던 한 신사 역시 비슷하게 큰 목소리로 마차를 불렀고, 그다음 사륜차를 타려고 내 옆을 지나 성큼성큼 걸어갔다.

그가 지나가는 것을 멍하니 지켜보던 나는 문득 전에 마주친 적이라도 있는 듯 몸이 굳어졌다. 아니, 어찌 보면 나는 이미 그와 마주쳤다. 내 눈이 그를 인식한 것이다. 나는 오늘 이 남자를 이미 두 번이나 봤다. 그런데 그때는 전혀 신사 차림이 아니었다. 하지만 지금은 떡 벌어진 어깨에 키도 크고 신사다운 억양과 태도를 뽐내고 있었다. 그 때문에 굳이 의식하지 않았는

데도 이스트엔드 군중 사이에 있던 그를 알아챈 것이다! 하지만 그 모습이 그다지 편해 보이진 않았다. 보통의 평범한 노동자라면 그와 같이, 마치 짐이라곤 한 번도 짊어져본 적 없다는 듯 손은 등 뒤 허리띠에 찔러 넣고 고개는 뻣뻣이 든 채 어슬렁어슬렁 전잔빼며 걷는 일은 없기 때문이다. 실제로, 짐짓 당당한 신사인 척하던 이 사내는 이곳 하이드 파크 주민이었다. 하지만 그의 장화를 못 본 사람들은 이미 재킷 곁에 차고 있던 거친 가죽 벨트도 벗고, 우스꽝스러운 격자무늬 모자도 중절모로 바꿔 쓴 그를 하나같이 신사복 차림의 유복한 상인으로만 여겼을 것이다.

나는 재빨리 마차에 올라탄 후 창문을 통해 눈에 띄는 그 얼굴을 처음으로 자세히 살펴보았다. 이 사람의 얼굴은 완벽한 좌우 대칭을 이루고 있었다. 하지만 귀족들처럼 날카롭고 뼈만 앙상한 게 아니라 유쾌하고 진솔한 얼굴이었다. 예술적으로 묘사해보자면, 그의 옆모습은 마치 모델이라 해도 손색없을 만한 비율을 자랑했고, 그 얼굴에선 뭔가 규정하기 힘든 낯익은 분위기를 풍겼다. 대체 내가 그를 어디서 본 걸까?

하지만 급선무는 그를 쫓아야 할지 말지를 결정하는 일이었다.

나는 채 한 블록도 가지 않아 결정을 내렸다. 그러

고는 주먹 쥔 손으로 마차 천장을 두들겨 마부에게 멈추라는 신호를 보냈다.

마부에게 아무 설명도 없이 그저 "고맙습니다"라고 말한 뒤 요금 전부를 내고 내린 나는 몸을 돌려 왔던 길로 되돌아가기 시작했다. 그때 나를 따라오던 그 남자가 탄 마차도 자연스레 내 뒤에 멈춰 섰다. 그에게 말을 걸어볼 요량으로 그 남자가 앉은 자리 맞은편 쪽 마차 창문을 지나치려는데 문득 그의 준수한 옆모습이 내 한쪽 눈 시야에 들어왔다.

나는 얼른 작은 꽃다발을 파는 소녀에게 다가가 은방울꽃을 샀다. 이는 두 가지 목적에서였다. 하나는 일종의 적과도 같은 그 남자에게 내가 갑자기 마음을 바꿔 마차를 멈춘 이유를 보여주어 그자가 의아해하지 않도록 하려는 것이었고, 또 하나는 돌아선 자세로 꽃을 살펴보는 척하며 그 남자의 행동을 살펴보려는 것이었다. 아니나 다를까 내가 탔던 마차의 마부가 또 다른 손님을 받기 위해 출발할 때도 그 준수한 옆모습 사내의 마차는 계속해서 머물러 있었다.

나는 미소 띤 표정으로 마치 꽃다발의 향기를 즐기기라도 하듯 얼굴 쪽에 꽃다발을 가져다 대는 척하다가 조금 더 멀리 걸어가서는 얼른 또 다른 사륜마차를 불렀다.

대충 설명하자면, 나는 그러니까 일종의 '내 편의를 위해' 마부에게 미리 돈을 낸 후 대영박물관으로 데려가달라고 말한 다음 마차에 올라탔다. 하지만 마부가 출발하기 위해 고삐로 말 등을 때리는 순간 의도한 대로 바로 마차의 반대쪽 문, 곧 길거리 쪽 문을 통해 내렸다.

나를 주시하며 따라왔던 그 흥미롭던 남자의 마차와 나 사이에 있던 마차, 그러니까 방금 전 내가 탔다 내린 마차가 떠나려는 순간, 나는 누군가 세워놓은 또 다른 마차 뒤에 숨어 상황을 지켜보았다.

이제 텅 빈 그 마차가 길을 따라 내려가자 준수한 옆모습 사내의 마차도 이내 그 뒤를 따라 내려갔고 곧 내 시야에서 사라졌다.

인정하건대 그때 난 나 자신의 영리함을 자축했다.

그러나 이 만족감도 잠시, 곧바로 이성이 날 일깨웠다. *에놀라, 그 정도면 됐고, 이젠 알아낸 걸 정리해보자. 그 남자가 오늘 아침 이스트엔드에서부터 널 따라온 걸 보면 필시 네가 어디에 사는지 알고 있는 거야.*

방금 그자를 따돌리며 약간의 시간을 번 게 전부였던 난 그길로 서둘러 집으로 돌아왔다.

플로리에게 터퍼 부인에 관해 묻자 "부인에 대해선 아

무 소식도 없어요, 메슬리 아가씨"라는 대답만 돌아올 뿐이었다. 얼이 나간 채 초조한 마음에 두 손을 비벼대던 소녀가 이젠 불룩 도드라진 손마디를 뚝뚝 꺾어대기 시작했다. 이 아이의 주의를 돌려 진정시키기 위해 나는 모자와 장갑을 벗고 아이에게 아까 산 은방울꽃다발을 건네주었다.

그러고는 곧바로 집에 오는 길에 준비해둔 그림을 보여주었다. 그러니까 집으로 돌아오는 마차 안에서 내 가슴 보정기 속 다른 필수품과 함께 지니고 있던 종이와 연필을 꺼내 그 정체 모를 신사 차림의 남자를 몇 장 그려놨던 것이다. 그림에는 모자를 쓴 모습과 모자를 쓰지 않은 모습, 얼굴 전체 모습, 그리고 옆모습이 골고루 묘사되어 있었다. 예술가라고 하기엔 조잡했지만 내겐 특히 약간 초조할 때 얼굴의 '특징을 잡아' 과장되게 그려내는 재주가 있었다.

그러니까 난 초조한 상태였다. 그것도 아주 심하게. 대체 귀머거리 내 집주인에겐 무슨 일이 생긴 걸까?

"그 *남자*예요!" 플로리가 내 그림을 보자마자 비명을 지르듯 소리쳤다. "치아 상태가 좋은 이 젊은 남자요! 그자에게 수염은 없었지만 그자가 맞아요. 터퍼 부인을 데려간 그 남자요!"

"다른 악당과 함께였단 말이지." 나는 플로리가 이전

에 말한 게 맞는지 다시 확인하고 싶었다. "치아 상태가 좋지 않은 나이 든 남자랑 함께 말이야."

"예, 맞아요!"

"그리고 널 때린 건 짐승 같은 이 두 놈 중 나이 든 남자였단 말이지?"

"아니요! 아니요, 아가씨!" 어린데도 평생 일만 해온 플로리의 손은 억셌다. 하지만 내가 '준수한 옆모습'이라고 부른 그 무표정한 젊은 남자의 그림을 가리킬 때는, 그녀의 손가락이 파르르 떨렸다. "이자가 그놈이었어요! 이자가 나와 터퍼 부인을 때렸어요!"

그자가 불쌍한 노부인을 때렸다고?

맙소사! 그를 본 사람이라면 하나같이 그를 완벽한 신사로 여길 것이다.

이 남자의 실체를 깨닫게 되자 싸늘한 기운이 뱀처럼 등줄기를 타고 기어 내려오는 게 느껴졌다. 어쩜 저리 유쾌한 얼굴을 해가지고 속으론 말도 안 되는 다른 인격을 숨겨뒀을까?

플로리는 여전히 내 스케치를 굵은 손가락으로 삿대질해대며 소리쳤다. "도대체 어떻게 그자의 그림을 가지고 계셨던 거죠, 메설리 아가씨?"

나는 대답하지 않았다. 이미 그 소녀는 나에 대해 너무 많은 걸 알고 있었기 때문이다. 내가 직접 그자를 닮은 초상화를 그렸다는 건 절대 발설하지 않을 것이다.

그때 문득 급히 해야 할 일이 떠오른 나는 위층으로 뛰어 올라가다 뒤돌아보며 말했다.

"플로리, 우선 문을 잠그고 나와 상의 없이는 아무도 들이지 말아줘."

잠시 후 나는 터퍼 부인의 오래된 크리놀린, 그러니까 뻣뻣하고 낡힌 자국투성이에다 거의 사람이 질식할 만큼 한 무더기나 되는 크리놀린을 들고 내 방 창가에 앉았다. 이 애물단지를 창가 불빛에 비춰보며 살펴보려는 의도에서였다.

음.

내 안의 모든 감성과 호기심을 한껏 모은 후 초집중 상태에서 꽃들로 수놓아진 파란 리본을 살펴보았다. 우선 가장 먼저 눈에 띈 건, 솔기를 덮는 용도의 리본이 크리놀린에 단단히 꿰매져 있지 않은 점이었다. 리본은 마치 필요할 때 얼마든지 떼어낼 수 있도록 달아놓은 듯 가볍게 가봉돼 있었다.

이렇게 솔기를 크리놀린에 살짝 가봉한 건 비밀스럽게 어딘가로 옮기기 위해서가 아닐까 싶었다. 그런데 왜 리본을 하필 이 민망한 속옷과도 같은 크리놀린에 가봉해둔 걸까?

"당연해." 순간 그 이유가 불쑥 머릿속에 떠올랐다. "크리놀린은 빨 필요가 없지." 페티코트나 다른 여성 보정 속옷은 하인과 여자 세탁부에게 맡겨져 도둑맞거나 잃어버릴 가능성이 있지만, 크리놀린은 착용하는 사람 곁에서 떨어질 필요가 없었다.

"정말 영리한 사람이야." 플로렌스 나이팅게일의 영리함에 순간 경외심이 절로 우러나오며 나도 모르게 중얼거렸다.

민망한 여자의 속옷 한구석에다 암호 메시지를 숨기는 일, 이는 어떤 남자도 속옷에 가봉해둔 리본을 유심히 살펴보지 않을 걸 아는 여성의 탁월한 재치, 그러니까 나이팅게일의 아이디어인 게 *분명했기* 때문이다.

집을 뒤졌던 두 얼간이는 이 사실을 완전히 놓쳤다. 설사 셜록 오빠라 할지라도 마찬가지였을 것이다. 나 자신도 거의 간과하고 있었으니 말이다.

그렇게 감탄해 마지않으며 나는 여느 사람들에게 그저 리본 위에 수놓은 단순한 꽃무늬로밖에 보이지 않을 그 암호문을 자세히 들여다봤다.

친애하는 독자들은 아마 이 수놓아진 꽃무늬 암호들이 분홍, 빨강, 노랑, 복숭아, 라벤더, 흰색, 보라색 등 꽤 여러 색의 별 모양 꽃과 작고 동그란 장미, 그리고 사이사이 어우러진 초록색 잎이라는 걸 기억할 것이다.

우선 나는 수놓아진 색깔에서 어떤 식별 가능한 패턴이 있는지 알아보려고 애썼다. 그리고 그렇게 하기 위해 가위로 크리놀린에서 리본을 떼어냈다. 그 리본들은 앞서 언급했듯이 단지 가봉만 돼 있을 뿐이라 떼어내기에 아주 간단했다. 그렇게 리본을 떼어낸 크리놀린을 한쪽 구석에 세워놓고 보니 희멀건한 게 마치 터퍼 부인의 유령이라도 되는 듯했다.

그런 불길한 생각은 재빨리 떨쳐버린 후 ─ 자고로 사람은 희망을 잃지 말아야 하는 법! ─ 나는 크리놀린에 달려 있던 리본들을 순서대로 배열해보았다. 그러니까 위쪽에 있던 가장 짧은 리본부터 아래쪽에 있던 가장 긴 리본까지 내 침대에 죽 늘어놓아보았다.

그렇게 배열해놓고 보니 리본들이 꼭 인쇄물 같았다. 사실 이 리본 자수의 색깔이 다양한 건, 별생각 없이 리본을 보는 이들에게 꽃의 종류가 많다는 착각을 불러일으키는 것 외엔 별 의미가 없는 듯했다.

다섯 개의 레이지 데이지 꽃잎, 다시 말해 가장 간단한 별 모양의 꽃들.

그리고 일부 휘프트 스티치(whipped stitches. 바탕이 되는 스티치 위에 별도의 실을 휘감는 방법-역주), 다시 말해 아주 작고 간단한 모양의 장미꽃들.

그리고 잎사귀들.

그리고, 푸른 리본엔 자수가 돼 있지 않은 여백도 드문드문 보였다.

그 여백이 날 골똘히 생각하게 만들었다. 도대체 여백은 왜 남긴 걸까? 어쨌든 내 눈 앞에 펼쳐진 이것들은 암호가 분명했다.

그러나 도대체 문자, 단어, 문장을 어떻게 별 모양 꽃, 장미, 잎사귀(또는 때때로 이중 잎사귀)라는 이 세 가지 기호로 암호화할 수 있을까?

눈앞에 놓인 일로 머리가 무거워진 나는 종종 그러하듯 수놓은 메시지를 기호로 바꿔 종이 위에 옮겨놓으며 생각에 몰두했다. 그러니까 리본의 암호를 타자기로 쳐서 별 모양 꽃은 별표로, 아주 작은 장미는 마침표로, 잎은 사선으로 표현하면 마치 수를 놓은 것과 동일한 효과를 낼 수 있었다. 이런 식으로 정리한 암호 메시지는 다음과 같았다.

```
. . . . / . * / . . . * / . ∨ . * * . / . * . / * *
* / * * * / . . * . ∨ . * * / . * . / . / . . * .
/ * * * / . * . / * . . ∨ . . . / . / . * . . / .
* . . / . . / * . / * * . ∨ . . . / . . * / . * * .
```

```
/ . * * . / . * . . / . . / . / . . . ∨ * . * . /
* * * / * . / . . . / * / . * / * . / * / . . / * .
/ * * * / . * * . / . * . . / . ∨ * * / . * / . * .
/ * . * / . / * ∨ . * / . * * . / . * * . / . / . *
/ . * . . / . / . * . . ∨ * . * . / . * . / . . * / . .
/ * . * / . . . / . . . . / . * / * . / * . * / . . .
∨ . . . . / . * / . * . . / . * . . ∨ . * . / . * / *
* . / . * . . / . * / * . ∨ * . / * * * ∨ . * / . . .
* / . * / . . / . * . . ∨ * * * / . . * . / . . * .
/ . . / * . * . / . / . * . / . / . . . ∨ * . * . / . *
/ . * . . / . * . . / * * * / . . * / . . . ∨ * * *
/ . * . ∨ . * * / * * * / . * . / . . . / . ∨ . * * .
/ . * . / * * * / . . * . / . . / * / * / . . / * . /
* * . ∨ . * * / . . . . / . . / . * . . . / . ∨ * * / .
/ * . ∨ . . * . / . * . / . / . / * * . . / . ∨ . . .
/ * / . * / . * . / . . . * / . ∨ * . . / . . / . ∨
* . . . / . / * * . ∨ * . * * / * * * / . . * ∨ . . *
/ . . . / . ∨ . . / * . / . . * . / . * . . / . . *
/ . / * . / * . * . / . ∨ . . . * / . * . ∨ * . . / .
/ . . . / . * * . / . * / . . / . * . / . . / * . / *
* . ∨ . . * . / * . ∨
```

어떤가? 한눈에 쏙 들어오지 않는가? (사려 깊은 독자라면 지금 이 말이 고심 끝에 던진 유머란 걸 알아차리길 바란다.)

나는 눈꺼풀이 아래로 축 처질 때까지 암호 메시지를 하염없이 — 명심할 건 내가 거의 눈을 붙이지도 못 하고 끼니도 못 때운 채 이십여 시간을 이러고 있었다는 사실이다 — 들여다봤다. 그럼에도 기력만 좀 없을 뿐 정신은 또렷했다.

음, 난 마침내 끝에 있는 이 이중 잎사귀가 무언가의 마침을 알리는 기호일 수도 있다는 사실을 깨달았다. 그 무언가가 뭘까? 단어일까? 문장일까?

그러면 하나짜리 잎사귀는 또 어떤가?

아마도 또 다른 종류의 구분 기호일지도 모르겠다. 하지만 그렇게 되면 (내가 대충 데이지꽃과 장미라고 이름 붙인) 별과 점 기호만 남게 된단 소린데 과연 두 가지 기호만으로 메시지를 전할 수 있을까?

필시 내가 뭔가를 놓치고 있는 게 분명했다. 자수의 색깔은? 프랑스식 매듭은? 만약 별 모양 꽃 자수의 한가운데 프랑스식 매듭 바느질 처리가 여러 가지라면? 이미 날이 저문 터라 나는 손에 종이를 든 채 일어나, 여전히 리본이 놓여 있는 침대로 비틀거리며 걸어가 몸을 굽힌 채로 그 자그마한 한 땀 한 땀에 눈을 고정시켰다.

이미 비몽사몽 상태였던 나는 침대에 쓰러져 순식간에 잠이 들었다. 옷도 그대로 입은 채 손에는 . . * / . 기호가 가득한 종이를 그대로 쥔 채로 말이다.

8장

필시 플로리가 집으로 돌아가기 전 내 방에 들어와보고는 눈치껏 날 방해하지 않으려고 촛불만 끄고 간 게 분명했다. 한밤중 깼을 때 방이 칠흑같이 어두웠던 건 바로 그 때문이었다.

허기로 배가 꼬르륵거리는 통에 도통 잠이 오질 않았다. 그렇게 배고픔에 끙끙거리다 '내가 지금 누구'고 또 '무엇을 하려 했는지' 기억을 더듬으며 침대에 일어나 앉았다.

그런데 그때 몸이 굳어져왔다. 나 외에 다른 무언가의 숨소리가 들려왔기 때문이다.

집안에 누군가 몰래 잠입한 듯 뭔가 섬뜩한 소리가 들려왔다. 삐걱삐걱!

누군가가 계단을 슬금슬금 올라오는 소리였다.

위험해! 곤두서 있던 내 모든 신경이 소리쳤다. 저 아래쪽 소리는 체중이 가벼운 터퍼 부인의 발소리라곤 도저히 예상되지 않았기 때문이다. 또 다른 일당 하나가 삐걱거리며 판자로 된 계단을 올라오는 소리가 들렸다. 두 명의 침입자였다. 그렇게 어둠 속에서 위층으로 올라오는 그들의 발소리가 계속해서 들려왔다.

아무리 피곤한 상황에서도 극한 공포를 느낀 사람이 순식간에 위트를 발휘하는 걸 보면 놀랍기만 하다. 나는 즉시 그리고 가능한 한 조용히, 침대 위 내 몸과 뒤엉켜 있던 리본과 서류들을 손가락으로 긁어모았다. 그렇게 귀중한 증거들을 손에 들고는 침대와 방문에서 멀리 떨어진 구석에 살짝 쪼그려 숨었다.

이윽고 손잡이가 돌아가는 소리에 내가 납작하게 웅크린 가운데 마침내 문이 열렸다.

숨어서 앞을 주시하자니 등심초 양초 유령같이 희미한 게 어슴푸레 눈에 들어왔다. 침입자들이 방 안을 들여다보고 있는 터라 온 정신을 집중한 채 숨 쉬는 것조차 조심조심 쥐죽은 듯 있었다.

그때 스스로 코크니 출신임을 증명이라도 하듯 침입자 중 한 명이 코크니 억양의 깊은 목소리로 "침대가 아직 정돈돼 있어."라고 크게 소리쳤다. "보아하니 하숙인은 달아났군."

"납치범들이 두려웠을 테니 당연한 거지." 다른 한 명이 무뚝뚝하게 대답했다. 그런데 코크니 억양의 남자와는 대조적으로, 이 남자의 귀족적 말투와 테너 목소리는 파크 레인에서 마차를 부르던 그 남자 목소리와 일치하는 듯했다.

"주인도 없는데 초나 두어 개 쓰자고."

그들이 성냥으로 초에 불을 붙여 들더니 방문을 닫고 나갔다.

나는 안도의 숨을 내쉬며 재빨리 그렇지만 될 수 있는 한 조용히 바닥에서 일어나 신발을 벗어 침대에 놓았다. 그러고는 양말을 신은 발끝으로 걸어 문 쪽에 다가가서는 귀를 기울였다.

그들은 터퍼 부인의 방에 있었다.

"……우리 할머니가 입던 그런 큰 치마를 입고 푸른색 비단을……" 자신이 가난한 노파의 장롱을 뒤적거리는 게 재밌기라도 한 듯 그 귀족 같은 목소리의 작자가 나지막하고 유머스러운 어조로 중얼거렸다. "그래, 이게 맞겠네."

"그래야지, 좋아. 이걸 잘라 안쪽을 헤집어봐야겠군."

(스커트 단의 둘레를 자르는 데 필요한) 상당한 시간 동안 직물이 칼로 찢기는 소리가 들려왔다. 느리고 조곤조곤 말하던 코크니 억양의 남자가 점점 언성을 높이

는가 싶더니 이내 달라진 어조로 욕까지 내뱉으며 냅다 소리 질렀다. "이런, 아무것도 없잖아!"

귀족 목소리의 사내도 평소보다 흥분한 듯 맞장구를 쳤다.

"그러게. 암것도 없어. 그랜드 푸바(Grand Pooh-Bah. 높은 지위를 가진 사람에게 주는 직함-역주)가 실망할 텐데. 그 전령 비둘기가 스커트 단 속에 있을 거라고 말하지 않았나?"

"그 나이 든 여자가? 그 여자는 제대로 된 전령 비둘기가 아니야. 암것도 모른다고. 그냥 가망 없는 귀머거리일 뿐이지. 버드가 그 여자에게 드레스를 줬다는 게 우리가 알아낸 전부야."

"그럼, 이 주름 장식에 종이나 뭔가를 숨겨두고 있을지도 모르겠군."

벅벅 찢기는 소리가 또 한차례 들려왔다. 그 허름하고 낡은 드레스가 찢기는 소리란!

'그랜드 푸바'라는 자가 누군진 모르겠지만 그에게 터퍼 부인이 드레스에 관해 이야기했다는 건 터퍼 부인이 확실히 살아 있다는 뜻이다. 그 생각을 하고 있자니 순간 마음이 밝아졌다. 하지만 대체 부인에겐 무슨 일이 일어나고 있는 걸까?

"아무것도 없어," 깡패 같은 코크니 억양의 남자가

다시 노여워하며 투덜거렸다. "귀족 나리가 우리보고 물건을 훔쳤다고 할 거야!"

그때 난 이 '귀족 나리'란 말이 두 사람에게 별로 존경받지 못하는 지도자인 미스터리한 X를 가리키는 또 하나의 호칭일 뿐이라고 생각했다.

귀족 목소리의 남자가 다소 지겨워하는 듯한 어조로 말했다. "그럼, 그 옷을 가지고 가자고. 귀족 나리가 직접 살펴보도록 말야."

"이 형편없는 드레스를 들고 가자고?!" 코크니 억양의 남자가 투덜거렸다.

"형편없는 드레스에 늙은 부인까지 들쳐업고 갈 땐 언제고?"

"그건 다르지."

"그것도 백주대낮에."

"그 시간에 누가 우릴 보겠어?" 코크니 억양의 남자가 대꾸하는 소리가 들리더니 이내 두 사람이 내 방쪽을 지나 아래층으로 내려가는 소리가 들려왔다.

나는 혹시라도 몰래 그들을 볼 수 있지 않을까 하여 계단통(건물 내부에 계단이 나 있는 공간-역주) 창문에 기댄 채 조심조심 창문을 열었다. 그러자 창문 틈으로 그림자 인형극의 인형들처럼 그들의 지나가는 모습이 보였고, 그중 한 명의 얼굴이 — 바로 그 준수한 옆모습 — 확연히 눈에 들어왔다. 그러니까 그 긴장된 순간에도 뜻밖에 그 잘생긴 옆모습(검은색 종이에 옆얼굴이 그려진 실루엣 그림)을 본 게 문득 떠올랐던 것이다. 순간 나도 모르게 큰 목소리로 소리칠 뻔했지만 다행히도 때마침 이성이 발동해 입을 다물 수 있었다.

하지만 이대로 안전하게 고분고분 앉아만 있기엔 내 분별력이 충분치 않았다. 이 남자들을 따라가면 터퍼 부인을 찾을 수 있을지도 모른다는 생각에 순간 분별력을 잃었던 것이다.

이윽고 그들이 집안을 빠져나가는 소리가 들렸고, 나는 몸을 벌떡 일으켜 양말만 신은 채로 후다닥 계단을 내려갔다. 그런 다음 그들을 엿보기 위해 현관문으로 달려가 살짝 문을 열었다.

두 침입자 중 젊은 사람의 말대로 이 야밤엔 아무도 없었다. 다만 초라한 터퍼 부인의 거처 앞에 웬 마차 한 대만이 기다리고 있을 뿐이었다. 비록 가로등과 마차 전조등 불빛은 희미했지만 그 마차는 호리호리한 승마용 말이 끄는 아주 근사한 작은 사륜마차라는 걸 알 수 있었다. 아울러 마차의 바큇살엔 노란 바퀴가 달려 *있었다.*

문에 문장은 안 보였지만 그건 아마도 마차 문 쪽이 어두워서 그랬을 수 있다. 마찬가지로 두 사람이 마차에 타는 모습도 그런 연유로 잘 보이진 않았다.

그러나 내 임무는 단순한 염탐이 아니었다. 그들이 사륜마차 안으로 들어가 문을 닫은 순간, 나는 그들이 돌아보지 않기를 기도하며 쏜살같이 터퍼 부인의 집에서 뛰어나왔다.

보통 대담한 행동을 담은 소설을 보면, 마차 뒤쪽에 매달린 영웅이 마차 안 악당들에게 들키지 않으면서도 극한 추위나 고통, 혹은 신체상의 다른 혹독한 상황도 견뎌내며 자기 연인이 갇힌 곳에 다다르지 않는가?

나 또한 내 안위 못지않게 터퍼 부인의 안위가 중요하다는 걸 마음 깊이 새기며 스커트 ─ 행동에 옮겨야 할 때 긴 스커트는 그야말로 골칫거리다 ─ 를 한껏 들어 올린 채 마차를 향해 전속력으로 질주했다. 그리고 마부가 고삐를 당겨 속도를 내기 직전 사륜마차로 몸을 날려 뒤쪽에 탁하고 매달렸다.

움푹 팬 바닥의 바퀴 자국들과 자갈 위를 굴러가는 금속바퀴의 덜커덩 소리에 묻혀 부디 내가 매달린 소리가 나지 않았길 바라며 커다란 나무에 올라타듯 그렇게 마차에 기어올랐다.

그러니까 다윈의 영장류 중 하나라도 되는 양 그렇게 말이다.

하지만 웬걸, 마차에 붙잡을 만한 것이라곤 아무것

도 없었다. 돌출부나 움푹 들어간 곳, 돌부리처럼 튀어나온 부분이나 선반 같은 곳을 발과 손가락을 이용해 이리저리 찾아보았으나 허사였다. 이럴 가능성을 미리 염두에 뒀더라면 마차에서 붙잡을 데라곤 절대 찾을 수 없다는 걸 알았을 것이다. 괜스레 마차 뒤편에 탈 만한 여지를 뒀다간 런던 길거리의 온갖 부랑아들과 떠돌이들이 너도나도 무임승차를 할 터인데 무슨 꼴을 당하자고 마차 제조업자들이 그렇게 했겠는가? 하지만 이 또한 때늦은 생각에 불과했다. 나는 미끄럽기 그지없는 벽에 붙은 커다란 흑거미마냥 팔다리를 벌리고 겨우 매달린 채로 사륜마차의 진동이 더해질수록 점점 더 흘러내려가고 있었다.

결국 나는 한 블록도 못 가 땅에 떨어져 우스꽝스럽게 엉덩방아를 찧고 말았다. 그렇게 거리의 오물 속에 철퍽 주저앉은 채 멀어지는 사륜마차를 바라볼 때의 그 참담함이란……

이런 날 보고 웃고 있는 일부 '술주정뱅이들과 천박한 여자들'을 뒤로한 채 나는 몹시 불쾌한 기분으로 일어나 성큼성큼 집으로 걸어갔다.

남은 밤 동안 분노에 찬 마음을 약간의 빵과 치즈로 달랜 후, 소박하고 학구적인 갈색 복장으로 갈아입었다. 그러고는 때마침 날이 환하게 밝아왔을 때 크리놀

105

린 리본에 담긴 암호 퍼즐을 다시 한번 풀기 위해 자리에 앉았다. 하지만 아니나 다를까 소용없는 짓이었다. 점들과 데이지 꽃잎 암호들이 하나같이 앞뒤가 안 맞았던 것이다.

그렇지만 내겐 찾아봐야 할 단서가 아직 하나 남아 있었다.

잠시 후, 나는 실례가 되지 않는 선에서 가장 이른 시간을 골라 메이페어의 플로렌스 나이팅게일 집 문간에 서 있었다. 이번엔 웬일인지 실크 드레스를 입은 소녀가 날 흔쾌히 안내해주었다. 보아하니 이곳은 누구나 출입할 수 있는 게 틀림없었다. 아침 아홉 시밖에 안 되었는데도 응접실, 식당, 서재 등엔 이미 차와 스콘(흔히 버터, 잼, 크림을 발라 먹는 작고 동그란 빵-역주)을 먹는 방문객들로 넘쳐났다. 벌써 '헐렁한 반바지를 입은 까칠한 소년'이 누군가의 쪽지를 들고 위층으로 달려가는 모습도 보였다.

정말 별난 저택이었다.

하지만 난 오늘 이곳에서 오래 머물 필요가 없기를 바라며 곧장 앞쪽 응접실로 향했다. 아침나절 사람이 없는 이 응접실 벽엔 초상화가 걸려 있었다. 그 가운데 어떤 건 물감칠을 했고, 어떤 건 사진을 찍은 것이었으며, 또 어떤 건 구식으로 윤곽의 안을 검게 칠해 사람의 옆얼굴을 표현했다.

그때 문득 그 낯익은 옆얼굴의 인물화가 눈에 띄었고 난 거듭해서 그 그림을 살펴봤다. 그런 낱장 인물화는 상류층 분위기를 풍겨서인지 대체로 코나 턱이 또는 두 군데가 다 기괴하게 묘사된 경향이 있었다. 하지만 이 옆얼굴 인물화는 완벽하게 균형 잡힌 채로 대단히 유쾌하게 묘사돼 있었다. 어찌나 균형이 잘 잡혀 있던지 장차 이런 그림을 또 볼 수나 있을까 싶을 정도였다. 그렇다, 만약 옆모습으로 사람을 식별하는 게 가능하다면, 난 그렇게라도 해볼 참이었다.

이 작은 그림들은 다른 대부분 옆모습 그림들처럼 내 손이 닿는 곳에 걸려 있었다. 터퍼 부인이 지금 어디에 있는진 모르겠지만, 그 가엾은 부인을 생각하며 다시금 마음을 다잡은 나는 대담하게 식당으로 들어가 의자를 집어 들고 나왔다. 다행히 바라던 대로 이 특이한 저택에선 내가 뭘 하고 있는지 궁금해하는 사람은 아무도 없는 듯했다.

나는 의자를 벽 앞에 놓은 뒤 그 위에 올라서서 벽에 걸린 그 옆얼굴 그림 액자를 들어 아래로 내렸다. 그런 다음 의자에 그대로 앉아 액자를 뒤집어 살펴보았다.

그럼 그렇지. 내가 바라던 그대로였다. 액자의 갈색 종이 뒷면엔 누군가가 적어놓은 그림 속 인물의 이름이 있었다. 그러니까 거기엔 *1853년 여름, 엠블리에서 어너러블 시드니 윔브럴*이란 글귀가 쓰여 있었다.

1853년?

그럼 지금으로부터 36년 전?

그렇담 이 그림은 귀족 모습의 그 악당 그림은 아니리라! 순간 정말 실망스러웠다.

오늘 본 그 잘생긴 옆모습의 악당은 대체 어디에 있었던 걸까? 그가 날 따라오는 걸 난 전혀 인식하지 못했다. 물론 그가 날 단지 터퍼 부인의 간섭쟁이 하숙인으로만 보고 내가 지금쯤 다른 곳으로 도망갔을 거라 결론 내렸다면, 원래 그의 관심사가 뭐였든 간에, 또 그가 누구였든 간에, 그는 내게 더 이상 관심이 없을 수도 있다.

어찌 됐건 옆얼굴 그림으로 사람을 식별해보려는 내 아이디어는 이쯤에서 접어두기로 했다.

그렇게 한숨을 쉬며 그 옆얼굴 그림 액자를 벽 위 제자리로 돌려놓으려고 일어서는 찰나 문득 한 무더기의 사람들이 수다를 떨며 응접실로 들어서는 게 보였다. 순간 용기를 잃은 나는 액자를 내가 들고 온 낡은 가죽 가방에 슬쩍 밀어 넣었다. 가슴 보정기엔 숨길 수 있는 양의 한계가 있으므로 보통은 학생들이 자료를 넣는 이 가방을 난 '암호가 수놓아진 리본 등 터퍼 부인 집에 놔두었다간 현명치 못한 처사가 될 게 자명한 물건들'을 담는 용도로 활용했다.

응접실을 나오자 진면에 서재가 보였다. 크라울리 부인이 자신의 웃는 얼굴 뒤로 막강한 권력을 휘두르고 있던 그곳 말이다.

어차피 이런 그녀에게 플로렌스 나이팅게일과의 대면을 다시 요청한다 한들 내게 해될 건 없어 보였다. 사실 나이팅게일을 만나려면 이외에 딱히 다른 방법도 없었다. 하지만 시도도 하기 전에 문득 회의가 밀려오기 시작했다. 아무리 메모 안에 대단한 설득의 내용을 담는다 한들, 등불을 높이 든 그 대단하신 나이팅게일 레이디께서 과연 관심을 갖고 나를 만나주려 하기나 할까 하는 의구심이 들었던 것이다. 게다가 난 지난번에 서재에 들어가서 크라울리 부인과 이야기를 나누고, 메모를 작성하고, 그것을 위층으로 보내는 과정을 통해 이미 나이팅게일이 여간해서는 사람을 만나지 않는다는 사실을 알고 있었다.

빌어먹을! 이런 빌어먹을 플로렌스 나이팅게일! 그 여자는 분명 완전 버릇없이 귀하게만 자란 탓에 뻐딱하고, 성미 고약하며, 우두머리 행세나 하는 오만불손

한 사람임에 틀림없다! 그 여자에게 메모를 건네는 번거롭기 그지없는 이 소통 절차는 비난받아 마땅한 시간 낭비였다. 사람들과 대화할 수 없는 고지식한 병약자라고 자청하지만, 재력도 갖추고 있고 정치 개혁 분야에도 그토록 많이 참여한다면, 사람을 통해 메모를 전달할 게 아니라 차라리 작은 전선 케이블이라도 이용해 전기 신호로 위층에 메모를 전송하면 될 것 아닌가? 또는 대형 상점에서 쓰는 기송관(압축 공기를 써서 물건을 운반하는 기계-역주)을 써도 되지 않겠는가? 한 단계 더 나아가 — 이런 터무니없는 생각을 하면 할수록 알 수 없는 묘한 재미가 생겨났다 — 전신 시스템을 설치하면 어떤가? 또 겨우 아래층 사람한테 메시지를 전하면서 그렇게 침대에 나른하게 누워 마치 저 멀리 떨어져 있는 사람한테 메시지를 전하는 것 같은 방식을 고집할 거라면, 아예 '딧(모스 부호 등의 단음-역주) 딧 다다(모스 부호 등의 장음-역주) 딧' 소리가 나는 전신 장치를 두드리면 될 일 아닌가?

그 순간 마치 감전이라도 된 듯 온몸에 전율이 흘렀다. "맙소사," 나는 큰 소리로 외쳤다. "모스 부호였어!"

9장

당연히 수많은 사람이 고개를 돌려 내 쪽을 쳐다봤다. 부끄러워 뺨이 화끈거렸지만, 애써 사람들의 시선을 외면한 채 서둘러 서재의 반대편 벽 쪽으로 걸어갔다. 그곳 선반 위엔 내가 주시하던 브리태니커 백과사전들이 위엄 있는 자태로 죽 놓여 있었다. 나는 거기서 M권을 집어 가장 가까운 탁자에 앉았다. 마침 거기 있던 사람들이 다른 곳으로 이동했던 터라 자리는 넉넉했다. 나는 떨리는 손으로 아래와 같은 페이지를 찾았다.

"국제 모스 부호는 짧은소리와 긴소리 신호를 쓰는데 그 신호를 점과 줄 기호로 표시한다."

그렇다! 이미 나는 본능적으로 아주 작은 장미들을 점으로 여기고 있었다. 데이지꽃, 그러니까 다섯 개의 꽃잎으로 이루어진 그 심플한 모양의 꽃, 다시 말해 별 모양 꽃은 모스 부호의 장음인 게 분명했다. 나는 . . . . / . * / . . . * / . ∨ 등의 기호가 적힌 종이를 가방에서 꺼내 움켜쥐고는 백과사전의 차트를 참조해(친애하는 독자들의 교육적인 유익과 재미를 위해 이 책의 마지막에 해당 차트를 실어놓았다) 암호를 해독하기 시작했다. 이 과정은 모든 기호를 일일이 살펴 알파벳으로 바꿔야 했기에 절대 간단한 과정은 아니었다.

네 개의 점 = H.

이 H를 다음 글자와 구분하기 위한 잎 = 사선 기호.

점 다음에 대시(별: 모스 부호에서는 대시를 선(—)으로 표시하나, 본문의 리본 암호에서는 대시를 별(*)로 표시함-역주) = A.

글자 구분 잎 = 사선 기호.

점, 점, 점 다음에 대시 = V.

글자 구분 잎 = 사선 기호.

하나의 점 = E.

그렇다면, 다음의 두 잎은?

아, 그래, 단어의 끝이다!

그러면 '가진다'라는 뜻의 단어인 HAVE가 된다!

한참 후 나는 이런 방식으로 첫 다섯 단어인 HAVE PROOF WREFORD SELLING SUPPLIES를 해독해

냈다. 하지만 메시지의 대부분이 남은 상황에서 이제 결정을 내려야만 했다. 그러니까 오직 신만이 터퍼 부인에게 일어난 일을 알 만한 막막하고 급하기 그지없는 현 상황에서 여기 앉아 이런 일이나 하며 몇 시간을 더 보낼지, 아니면 플로렌스 나이팅게일과 즉시 소통할 것인지 결정해야 했다.

그 순간, 불가능해 보이던 소통의 위업을 성취할 방법이 불쑥 떠올랐다.

플로렌스 나이팅게일과 소통하는 쪽으로 마음을 굳힌 나는 다시 종이와 연필을 가방에 넣고는 막강한 위엄의 크라울리 부인이 앉아 있는 책상 앞으로 다가갔다. 플로렌스 나이팅게일과 이야기할 수 있도록 해달라고 요청하자 부인은 내게 크림색 종이와 짙은 청색 잉크 그리고 휴대용 책상을 건네주었다. 나는 미소를 띠며 그것들을 격의 없이 받아들였다.

사실 정확히 말해 종이에 뭔가를 적었다기보단 펜으로 재빨리 간단한 그림을 그렸다.

그리고는 잉크 얼룩이 없도록 마무리한 후, 서명도

하지 않은 짧은 메시지를 접어서 그 헐렁한 반바지 차림의 까칠한 소년에게 건네주었다. 그렇게 아이가 메시지를 위층으로 가져다주러 간 사이 나는 계단 맨 아래쪽에 가서 서 있었다.

채 1분도 지나지 않아 그 까칠한 소년(내 관점에서)이 꽤 놀란 표정으로 내게 돌아와 말했다. "나이팅게일 씨가 아가씨를 만나겠다고 하시네요. 따라오세요."

플로렌스 나이팅게일에 대한 내 모든 추론은 틀렸다는 것이 입증되었다. 그 사실이 불과 몇 분 만에 체감적으로 분명히 와닿았다. 집의 가장 꼭대기 맨 유리 창문을 통해 쏟아지는 빛으로 가득한 넓은 방에서 그녀가 날 기다리고 있었다. 다정하게 미소 짓고 있는 여유로운 풍채의 한 아름다운 부인이 커다란 침대에 앉아 있었다. 잘 정돈된 침대에는 가장자리를 리본으로 두른 베개와 비단같이 부드럽고 풍성한 이불이 깔려 있었다.

가운데 가르마에 젊은 시절처럼 뒤쪽도 정갈하게 정리한 그녀의 머리는 아직 잿빛으로 물들어 있지도 않았다! 더욱이 그녀의 사랑스럽고 균형 잡힌 얼굴엔 거의 주름 하나 보이지 않았다! 어느 모로 보나 그녀는 자신의 환한 침실만큼이나 빛나는 모습이었다. 그 침실에선 바로 두 층 아래에서 대기 중인 많은 사람의 소리는 하나도 안 들렸고, 활짝 열린 창문으로 보이는 뒤뜰에선 새들의 지저귐만 들려올 뿐이었다. 마치 런던시 한복판에 펼쳐진 고요한 에덴 동산 같다고나 할까?

그렇게 나이팅게일은 평온한 모습으로 나를 맞았다. "편히 앉으세요." 그녀가 침대 먼 쪽 창문 근처의 쾌적한 자리에 놓인 안락의자를 가리키며 말했다. 내가 의자에 앉자 그녀는 거리낌 없이 내 모습을 관찰하기 시작했다.

"난 당신이 훨씬 나이 많은 사람일 거라 생각했어요." 그녀가 입을 열었다. "이걸 보고 말이에요." 그녀의 손엔 내가 꽃 암호 모스 부호로 S.O.S.라고 쓴 종이가 들려 있었다. "내가 쓰고 있는 장미와 데이지꽃 암호에 대해선 어떻게 알고 있는 거죠? 하지만 그전에, 이름은 어떻게 되나요?"

놀랍게도 나이팅게일은 예의를 물씬 풍기면서도 정직함을 아끼지 않았고, 시간 또한 낭비하지 않았다. 그런 태도 덕분에 난 그녀의 질문에 진심을 다해 답할 수 있었다. "어떤 이름이라도 말해줄 수 있어요, 나이팅게일 씨. 지어내면 되니까요. 하지만 당장은 그럴 여력이 별로 없네요."

그녀는 이런 내 대답이 마치 평범한 것인 양 고개를

끄덕였다. 나이팅게일은 흠잡을 데 없이 균형 잡힌 윤기 나는 머리카락을 마치 뽐내기라도 하듯, 그러니까 이마에서부터 상당히 위쪽으로 독특한 하얀 스카프를 쓰고 있었고, 이 스카프의 풍성한 레이스는 그녀의 정수리 부분부터 시작해 벨벳 침실복의 옷깃까지 층층이 늘어뜨려져 있었다.

"얼굴이 아주 심란해 보이네요." 그녀가 부드럽게 말했다. 나이팅게일이 평생 동안 그리고 크림반도에서 단 한 번도 목소리를 높이지 않은 것으로 유명했다는 이야기가 사실로 느껴졌다. "당신의 문제가 어쩐지 나와 관련이 있는 것 같은데요?"

"그럴지도 모르죠." 나는 더 이상 수선떨지 않고 *전령 비둘기, 당신이 가지고 있는 터무니없는 메시지를 즉시 전달하시오. 안 그랬다간 당신이 스쿠타리를 떠난 일을 후회하게 될 거요.* 이 메시지부터 시작해 터퍼 부인의 납치 상황을 가급적 간결하면서도 상세히 전달했다. 가시처럼 날카롭게 쓴 그 수기 메시지는 내 불운한 집주인과 함께 사라졌지만, 단어 하나하나만큼은 내 기억 속에 남아 있었던 것이다. 또한 플로리에게서 들은 말, 그러니까 수염을 기른 침입자들이 부인에게 "우린 당신이 버드의 스파이였단 걸 알고 있소!"라고 퍼부었던 말도 그대로 기억 속에 남아 있었다.

"사실 '버드'는 그들이 날 지칭하는 말이에요. 그러니까 날 반대하는 사람들이죠." 나이팅게일이 대꾸했다. "그리고 그들은 정치 만화에서 나를 '버드 여인'으로 표현하기도 했고요." 그러고는 문득 뭔가를 찾으려는 듯 등을 돌린 채 계속된 내 설명에도 아랑곳하지 않고 딴 데 정신이라도 팔린 사람처럼 말하기 시작했다. 여기서 그녀의 침대에 대해 좀 설명하자면, 사실상 침대 머리맡 나무판은 온갖 서류가 깔끔히 정리된 영락없는 맞춤형 책상이었고, 침대 옆 초록색 테이블 위엔 전기등을 둘러싸고 더 많은 서류가 수북이 쌓여 있었다. 사실 이곳은 대단한 저택이었다. 그런 이 집의 위층을 그녀가 밤새 글을 쓸 요량으로 비용을 들여 개조해놓은 듯했다. 그렇게 끊임없이 글을 써서인지 그녀의 손은 얼굴보다 훨씬 늙어 보였고, 초승달 모양으로 굽어 있었다.

마침내 원하던 것을 찾은 그녀가 내게로 가져와 보여주었다. '한 나이 든 여자가 도둑인지 강도인지 모를 자들에게 납치되었어요.' 전날 내가 쓴 메시지였다.

"네," 내가 인정했다. "제가 쓴 거예요."

"그리고 나도 꽤 솔직히 대답했지요, 정말로 터퍼 부인이란 사람을 기억하지 못한다고."

나는 가방에 손을 넣어 언젠가 유용하게 쓰일 거란

생각에 들고 다니던 터퍼 부인의 사진을 꺼내 보였다.
이 사진을 본 나이팅게일의 온화한 입술이 이제야 인
정한다는 듯 O자 모양이 되었다.

"이젠 기억이 나시나요?"

"그래요, 기억나네요. 완전히 잊고 있었어요. 이 사
람은 내 단골 운반원 중 한 명이 아니었거든요. 난 그
녀에게 비상시 때 오직 한 번 일을 맡겼어요. 하지만
그녀가 맡은 메시지는 결국 전달되지 않았죠. 그리고
난 그 이유나 그 후 그녀가 어떻게 되었는지 전혀 알
아내지 못했고요."

"그러니까 당신이 스파이였군요." 내가 크게 감명받
은 목소리로 속삭였다.

"군 장교들은 정작 러시아 적에게보다 더 많은 열정
을 갖고 나와 다투었죠. 물론 나도 지지 않고 맞섰고
요." 그녀가 상냥하게 대답했다.

"저는 당신과 당신의 간호사들이 도움을 주러 파견
된 줄 알았어요!"

그녀가 다소 슬픈 미소를 띠며 말을 이었다. "그랬었
죠, 하지만 의사들과 장교들은 나란 존재를 방해거리
로만 여겼어요. 그들이 파티를 즐기고, 소풍을 즐기고,
경마를 하며 희희낙락하는 데 방해가 되는 위협적인
존재 말이죠. 뭐, 정말로, 내가 위협적인 존재이긴 했

어요. 난 장교들이 부하들의 안위를 돌보며 하루를 보내고 의사들이 병자를 돌봐야 한다는, 자칫 그들이 보기에 정신 나간 생각을 품고 있었으니까요."

"그럼 당신 말은 그들이 안 그랬다는 건가요?"

"의사들 — 외과 의사들 — 은 부상자들의 팔다리를 잘라내는 데는 뛰어났지만, 열병을 치료하는 병동엔 결코 들어가는 법이 없었어요. 행여나 병에라도 걸릴까 봐 두려웠던 거죠. 당시 잡역병들은 상관의 감독 없이는 아무것도 하지 않았어요. 때론 음식도 준비하지 않았죠. 그래서 거기선 환자들도 방치돼 있었고, 그저 환자들끼리 서로 의지할 수밖에 없었어요. 환자들은 저마다 오물 속에 누워 있었고, 그들이 누운 담요는 이로 가득 차 있었죠……" 나이팅게일은 비극적인 과거의 회상에 빠져 있다가 다시 놀랄 만한 현실로 돌아온 듯 갑자기 내게 시선을 집중했다. "이름 없는 벗이여, 말해보세요. 내가 윔브럴 경에게 보내려고 했던 메시지는 도대체 어떻게 되었죠?"

"윔브럴 경이요?" 내가 따라 물었다.

"네, 진정한 정치인이자 내 가장 위대한 동지인 시드니 윔브럴이요."

이 얼마나 흥미로운 상황인가. 내가 방금 서재 벽에서 봤던 그 옆얼굴 그림의 장본인이 아니던가?

나이팅게일이 말을 이었다. "그가 없었다면 어떤 개혁도 단행될 수 없었을 거예요. 웜브럴 경의 귀는 여왕의 귀를 닮았어요. 그가 세상을 떠난 지는 오래됐지만, 그의 명성은 그대로 지켜져야 하죠…… 혹시, 그 사라진 메시지가 어디 있는지 아시나요?"

"만일 그 메시지가 터퍼 부인의 크리놀린에 시침질돼 있다면, 제가 갖고 있다고 할 수 있죠."

플로렌스 나이팅게일이 처음으로 꼿꼿한 자세를 풀고 베개에 등을 기대더니 나를 살펴봤다. 아래층 음악실에선 피아노의 즐거운 음률이 흘러나왔다. 누군가가 모차르트를 연주하고 있었다.

"당신은 똑똑하군요." 나이팅게일이 칭찬도 비난도 아닌 말투로 입을 열었다. "아주 잘됐어요. 향방을 잃은 내 메시지를 당신이 가지고 있군요. 난 추문을 피하기 위해 그 메시지를 꼭 돌려받고 싶어요."

"추문이요?"

"내가 일생을 바친 개혁은 마침내 합의되어 진행 중이고, 과거의 반감은 잊히고 있어요. 누구든 과거를 끄집어낸다면 비참해질 거예요. 당신도 뭔가를 추구하는 게 있나요?"

"저는 정치엔 전혀 관심 없어요. 전 그저 누가 터퍼 부인을 납치했는지 알고 싶을 뿐이에요!"

"하지만 그게 누군지는 전혀 모르겠어요. 게다가 만일 그녀가 그 메시지에 대해 그 악당들에게 말할 거라면, 나도 당신만큼이나 알아내고 싶어요."

"터퍼 부인은," 순간 내가 울컥하면서 나이팅게일의 한결같은 어조와는 뚜렷이 대조적인 높은 어조로 끼어들며 말했다. "완전 귀머거리라서 그들이 자신에게 뭘 원하는지도 이해하기 힘들 거예요. 당신이 부인에게 그 불운한 장미와 데이지꽃 암호로 된 메시지를 맡겼을 때도 그녀는 이미 귀머거리였거든요."

"오, 이런." 아주 짧은 순간 나이팅게일의 얼굴에 감정이 드러났다. "그걸 미처 깨닫지 못하다니 내가 너무나도 어리석었네요. 그런데 난 그녀에게 주소가 적힌 명함을 줬거든요."

"부인은 손글씨는 간신히 읽어도 인쇄한 문서는 읽지 못해요."

"아, 맙소사. 부인이 당연히 읽을 수 있을 줄 알았지 뭐예요."

나는 거칠게 튀어나오려는 말을 누그러뜨리며 나이팅게일의 심정도 이해한다는 투로 말했다. "여러 가지 긴박한 일들로 머릿속이 무척 복잡했을 테니 그럴 만도 하시겠죠. 아무튼 터퍼 부인은 부인대로 당신 말을 한마디도 알아들을 수 없었을 거고요. 그 명함의 용도가 무엇인지도 몰랐을 테고, 심지어 자신이 메시지를 전달해야 한다는 사실도 인식하지 못했을 거예요. 그 불한당 같은 작자는 현재 당신이 부인에게 준 푸른 드레스를 갈기갈기 조각내며 메시지가 담긴 종이를 찾고 있을 거예요. 이제 말해주세요, 제발, 그들은 누구죠?"

플로렌스 나이팅게일이 다시 말했다. "모르겠어요."

"하지만 추측해볼 순 있잖아요!"

"그러면, 혹시나 젊은 웜브럴 경이 막 상원에 들어갔으니, 그의 적들이 그의 가문에 먹칠을 하기 위해 그 메시지를 (특히 역사적·문화적 의미가 있는) 유물로 여기고 손에 넣으려고 하는 걸지도 모르겠네요. 아니면 메시지에서 언급한 장교들의 친구나 후손들 중 누군가일 수도 있고요. 사실, 나를 포함해 관련된 누구든 그 메시지를 찾길 원치 않는 사람은 없을 거예요."

나이팅게일이 이렇게 털어놓자 내 마음도 누그러지면서 그녀가 결백하다는 생각이 들었다.

"정말 모르겠네요. 하지만 내가 알아볼게요." 나이팅게일은 자신의 의지대로 삶을 주도하는 여성의 어조로 이렇게 말했다. "난 이미 그 문제에 대한 조치를 취했답니다."

"어떻게요?"

"어제 당신의 메모를 받고 걱정스러웠죠. 내 기억으

론 도저히 그녀를 찾을 수 없다 보니 걱정만 극도로 가중되더군요. 그래서 잘 알려진 사립 탐정이 생각나 오늘 아침에 그를 여기로 불렀죠. 그가 곧 올 거예요."

그 말을 듣는 순간 마치 눈에 보이지 않는 손이 내 목을 꽉 움켜잡고는 조르는 느낌이 들었다. 동시에 내 반응을 지켜보는 나이팅게일의 시선이 느껴졌다. 당황하는 것 같으면서도 그 상황에 맞게 기민해진 내 반응 말이다.

"누구요?" 내가 간신히 숨을 고르며 물었다.

"당신도 당신 이름을 말해주는 게 좋을 거예요. 내가 나중에 알아낼 테니까요. 그 신사가 틀림없이 이 일을 맡아줄 거예요. 난 이 일을 셜록 홈즈 씨에게 의뢰할 생각이거든요."

10장

내 오*빠라*고! 곧 들이닥치겠군! 오빠가 여기서 날 찾기라도 하는 날엔……

친애하는 독자는 그간 내가 잘 쉬지도 먹지도 못하며 많은 압박을 받아왔다는 점을 기억할 것이다. 그러나 사실 변명의 여지는 없다. 난 그 문제를 추론으로 풀었어야 했다. 하지만 그러지 못했다.

인정하긴 민망하지만 솔직히 난 이 상황이 정말로 당황스러웠다. 그래서 별 합리적인 계획도 없이 어떻게든 이 장소에서 벗어나야겠다는 생각에만 사로잡혀 꽥 소리를 지르고는 자리에서 벌떡 일어섰다. 나는 어떤 설명이나 작별의 말도 없이 나이팅게일의 침대 주위를 획 돌아서서는 문 쪽으로 향했다.

하지만 그때 나이팅게일도 꽤나 민첩하게 자신의

침대 커버를 홱 뒤로 젖히고는 침대 맞은편으로 훌쩍 넘어갔다. 그러고는 마치 단거리 달리기 선수가 출발대를 딛듯 끌리는 잠옷 레이스 자락 아래 자신의 통통한 맨발로 침실 바닥을 디딘 후, 나보다 몇 걸음 더 빨리 문 쪽으로 걸어가 등을 대고 막아섰다.

이 주목할 만한 사건 — 내 길을 막아선 병약자 — 때문에 난 너무나도 놀란 나머지 얼토당토않게 스스로 도망치고 있었다는 사실도 잊은 채 방 한가운데 덩그러니 멈춰 섰다.

"왜 그렇게 겁을 먹었나요?" 플로렌스 나이팅게일이 물었다.

나 또한 동시에 불쑥 내뱉었다. "걸을 수 있는데 계속 침대에 누워서 뭘 하시는 거죠?"

"맙소사, 젊은 세대는 참으로 무례하군요!" 하지만 그녀의 상냥하고 낮은 목소리는 조금도 변하지 않았다. "자, 자리로 가 앉으세요. 그러면 설명해줄게요."

나는 약간 겸연쩍은 얼굴로 그 말을 따랐다.

"크림반도에서 거의 2년 동안 갖은 고생을 하고 집에 돌아왔을 때," 나이팅게일이 다시 원래 상태로 침대 커버 밑에 몸을 누이며 말했다. "난 완전히 무너졌고, 반드시 죽을 거라 믿었죠." 당시 이미 서른이 넘은 그녀로선 충분히 그렇게 생각할 만도 했다. "그렇지만 몇 주가 정말로 어느덧 몇 년으로 바뀌면서, 난 살아 있을 뿐 아니라 절실히 필요한 개혁에 다시 한번 몰두하고 있는 자신을 발견했죠. 그러니까 해야 할 중요한 일들이 너무나도 많았어요……."

저항의 성향이 있던 나로선 바로 그 말을 이해했다. "아, 그래서 이 집을 마치 사회 편의 시설처럼 꾸미는 데 모든 시간을 아끼지 않으신 거군요." 그녀와 같은 상류층 여성들은 마치 식탁 중앙에 놓인 쓸모없는 장식품처럼 다른 집을 방문한다든지, 만찬을 위해 치장한다든지, 손님을 접대한다든지, 극장에 간다든지 등의 일로 대부분의 시간을 보내며 살았다.

"맞아요." 그녀가 날 새로운 눈으로 바라봤다. 우리 사이에 공감대가 생겨난 것이다. "내 비밀을 말해줬으니, 당신도 비밀을 말해줘야 해요. 이름은 왜 숨기고 다니고, 셜록 홈즈 씨는 왜 그렇게 두려워하는 거죠?"

나는 진심으로 그녀에게 진실을 말하고 싶었다. 셜록 홈즈는 내 존경하는 오빠다, 사실 내가 유명한 탐정인 오빠보다 더 많은 동지애를 나눈 사람도 없다, 게다가 집 나간 엄마를 빼면 셜록 오빠와 마이크로프트 오빠는 내 유일한 가족이다, 하지만 오빠들은 남자 특유의 무지로 날 책임져야 한다고 생각했고 날 예비 신부 학교(부유층 처녀들이 상류 사회 사교술 등을 익히는 사립학교-역주)라든가 여성을 학대하는 소굴이나 다름 없는 기관에 가둬야 한다고 생각했다, 고로 난 오빠들이 날 찾도록 절대로 내버려 둘 수 없었다, 아니 그렇게 되지 않도록 해야 한다.

사실 나는 현명하고 온화한 플로렌스 나이팅게일에게 이와 같이 털어놓고 싶었다. 하지만 그럴 수 없단 걸 난 잘 알고 있었다. 그래서 그저 "셜록 홈즈가 저에 관해 알게 될까 봐 겁이 나요."라고만 전했다. 이 말은 사실이었지만 그러는 사이에도 그럴듯한 거짓말을 궁리하느라 마음이 꽤나 분주했다. 하지만 언제나 그랬듯 위기 때만 되면 내 상상력은 날 저버렸다. 도무지 할 말이 떠오르지 않았던 것이다.

그때 놀랍게도 나이팅게일이 내게 필요한 말을 던져주었다. 아주 부드럽게 그녀가 말했다. "터퍼 부인이 정말로 당신의 집주인에 불과하다면 터퍼 부인에 대한 당신의 염려가 너무 과한 것 아닌가요?"

오, 맙소사. 그녀는 날 부인의 사생아로 여기는 눈치였다. 귀족 출신 아버지가 어머니인 터퍼 부인과 놀아났다는 오명을 숨겨야 할 사생아!

127

이 얼마나 허무맹랑한 생각인가! 그 불쌍한 귀머거리에 돈 한 푼 가지고도 벌벌 떠는 터퍼 부인이 우리 엄마라고?

하지만 뭐 그리 터무니없는 생각은 아니었다. 사실, 내 상냥한 집주인은 내게 친엄마보다 더 엄마 같은 존재였다. 몇 달 전 '기묘한 꽃다발' 사건 이후 전혀 소식이 없던 엄마. 혹시라도 실제로 엄마를 찾아냈다가 나에 관한 엄마의 속마음이나, 나에 관해 결핍된 뭔가를 알아낼까 봐 감히 찾아볼 엄두도 못 냈던 엄마…… 그러고 보니 굳이 거짓말할 필요도 없었다. 오랫동안 억눌렸던 상처가 되살아나며 마음이 심히 아려오고 눈가까지 시려오기 시작했다. 그렇게 난 놀랍게도 울고 있었다. 얼굴에서 주르륵 흘러내리는 눈물이 내 대답을 대신해주고 있었다.

실용을 추구하는 사람답게 나이팅게일은 침대 옆 탁자 서랍에서 꺼낸 깔끔하게 다림질된 레이스 손수건을 건네주는 것으로 내게 응대했다. 마음을 조금 가다듬은 내게 그녀가 넌지시 말했다. "셜록 홈즈 씨는 자유로운 영혼으로 정평이 나 있어요."

그러나 난 고개를 내저으며 자리에서 일어섰다. 이번엔 들고 온 가죽 가방을 손에 쥐는 것도 잊지 않았다. "이만 실례할게요."

매우 친절하게도 그녀는 날 막지 않았다.

여전히 부주의하기 이를 데 없는 상태로 난 곧장 계단

을 향해 나아갔다.

하지만 이건 중대한 실수였다. 앞 계단 대신 하인들이 사용하는 좁은 뒷계단을 찾아 그 집의 숨겨진 구역과 부엌, 정원을 통과해 밖으로 나왔어야 했다. 그러나 상황을 판단하는 감각이 완전 정상으로 돌아온 상태는 아닌 터라 어리석게도 나는 올라올 때와 똑같은 방식으로 음악실과 응접실을 지나 넓고 큰 계단을 급히 달려 내려가기 시작했다.

"하지만 나이팅게일 씨는 현재 손님을 만나고 있어. 더군다나 그녀는 한 번에 한 사람 이상은 보는 법이 없지." 아래에서 누군가가 이야기하고 있었다.

"그러니 이번엔 예외를 만들어야겠어." 어딘가 친숙하지만 오싹한 목소리가 대꾸하고 있었다.

하마터면 충격으로 쓰러질 뻔한 나는 급히 멈춰 서서는 약간 힘이 풀린 채 난간을 움켜잡았다.

"왓슨은 이번 일에서 내 오른팔과 같은 사람이에요!"

셜록 오빠였다! 셜록 오빠와 선량한 왓슨 박사가 계단 맨 아래쪽에서 셜록 홈즈만 입장이 가능하다고 버티는 그 까칠한 소년과 실랑이를 벌이고 있었다!

그리고 나는 계단 중간쯤, 오빠와 왓슨 박사로부터 채 6미터도 떨어지지 않은 지점, 곧 시야가 확 트인 지점에서 엄청 혼란한 상태로, 죽은 물고기마냥 두 사람을 넋 놓고 바라보고 있었다.

난 행운의 여신과도 같은 왓슨 박사에게 감사했다. 만약 박사가 라고스틴 박사의 '비서'로 만났던 나를 알아봤다면, 내 인생은 그길로 끝장날 참이었기 때문이다. 그 선량한 의사는 날 보지 못했다. 그는 아마도 글래드스톤 씨를 보고 놀란 듯 완전히 넋을 잃은 사람처럼 응접실 중 한 곳을 뚫어지게 바라보며 서 있었다.

하지만 매와 같은 셜록의 시선은 영락없이 내게로 날아왔다.

"에놀라!" 셜록 오빠가 강렬한 흥분에 젖어 얼어붙은 모습으로 소리쳤다.

나는 머물러 있을 수도, 그렇다고 오빠를 계속해서 쳐다볼 수도 없었기에, 비틀비틀 뒤로 물러서며 거꾸로 계단을 올라갔다.

하지만 오빠는 그 자리에 선 채 다시 한번 날 불렀다. "에놀라. 멈춰. 잠깐만. 날 믿어줘. 제발."

그러나 셜록 오빠의 말이 들려온 건 그로부터 조금 지난 후였다. 흐트러진 마음으로 사슴처럼 도망치던 내게 그 말이 메아리쳐온 것이다. 재빨리 뒤로 응접실과 음악실을 통과한 후 이젠 뒤늦게 막막한 공포까지 밀려오는 상태에서 문득 다용도 계단이 떠올랐다. 하지만 아무리 가도 계단은 나오지 않았다! 그렇게 그랜드 피아노를 지나고 외다리 테이블을 지나, 또 저 편 통로를 지나 돌고 돌아 여러 개의 문을 지나서 결국 대기실을 발견했다. 그때 내 뒤로 셜록 오빠의 활기찬 발소리와 목소리가 들려왔다. "에놀라! 빌어먹을, 어디로 간 거야?" 분명히 오빠는 날 따라 위층으로 올라오기 위해 그 까칠한 소년을 밀쳐냈을 테고, 왓슨도 똑같이 그렇게 했을 것이다. 그러니까 한 명을 상대로 두 명이 들덤빈 것이다. 그런 생각을 하고 있자니 마음이 급해지며 내 달음박질 속도도 점점 빨라졌다. 그들이 내가 지나온 경로를 뒤쫓아 올수록 문이 여닫히는 소리가 쾅쾅 들려오기 시작했다. "에놀라!"

이때 운 좋게도 우연히 구불구불한 작은 계단을 발견했다. 그러나 그 계단은 위로만 이어져 있었다. 일단 그 계단을 올라갔는데 올라가고 보니 다시 한번 어느새 플로렌스 나이팅게일의 침실 문 밖에 도달해 있었다.

그렇게 난 그 침실 문을 열고 쏜살같이 안으로 들어가 문을 닫았다.

그때 비단결 같은 두툼한 이불을 덮고 있던 나이팅게일이 부드럽고 상냥하게 물었다. "세상에, 무슨 일이죠?"

질문에는 대답도 하지 않은 채 나는 (열쇠 구멍에) 열쇠가 그대로 꽂혀 있는 문을 그대로 잠갔다. 그러고는 침실을 가로질러 나이팅게일의 커다란 침대를 돈 후, 나무꼭대기의 아름다운 경관이 보이는 창문으로 다가가 벨트를 풀고 고리처럼 된 내 가방의 손잡이 사이로 통과시켰다. 다행히도 내 안의 공포가 극에 달하자 머뭇거림이나 떨림을 뛰어넘어 비범한 재주와 힘이 솟아나기 시작했다. 나는 탈출의 가능성을 샅샅이 살핀 후 재빨리 벨트를 다시 맸다. 그런 다음 내 소중한 가방을 허리에 묶고 창문들을 급히 살핀 뒤, 창 하나를 골라 활짝 열어젖혔다.

"에놀라!" 바로 문밖에선 오빠의 목소리가 울려왔고, 문손잡이가 덜컹거리는 소리도 들렸다.

물론 이때 나이팅게일은 오빠에게 대답을 해주거나, 침대에서 일어나 문 쪽으로 걸어가 열쇠를 돌려 오빠를 안으로 들일 수도 있었다. 하지만 그녀는 아무것도 하지 않았다. 그 대신 침대에 누운 채로 내가 창턱에 올라 몸을 내밀고 가장 가까운 나뭇가지에 원숭이처럼 몸을 날릴 때까지 계속해서 주시하고 있는 듯했다.

내 손가락이 나무를 더듬어 찾았다. 그러니까 내 손이 나무를 쥐었다. 그렇게 삼층 높이 나무에 매달려 있자니, 문득 그동안 망설일 틈도 없이 찾아온 더 큰 어려움이 없었다면, 하강하는 지금의 시도도 어렵게 느껴졌을 거라는 생각이 들었다. 그 후 나는 진짜 오랑우탄마냥 전후좌우로 흔들거렸고, 그러다 아래로 떨어지기 시작했다. 떨어지는 중간에 나뭇가지를 움켜쥐기도 했지만 이내 다시 떨어졌고, 발버둥 쳐보기도 했지만 결국 땅으로 떨어졌다. 그렇게 포도 정자 (정원 내에 뼈대를 세우고 덩굴식물을 올려 그 아래 앉아 쉴 수 있게 만들어놓은 자리-역주) 아래, 그러니까 옥외 변소 뒤쪽의 린덴(보리수·참피나무 무리-역주) 나무를 지나고 채소밭을 지나, 나이팅게일의 집을 에워싼 연철 울타리에 이르렀다. 일단 울타리를 넘어가자 나이팅게일이 얼핏 눈에 들어왔다. 기묘하게 각진 헤드기어 같은 스카프를 보니 그녀가 틀림없었다. 나이팅게일은 내가 탈출했던 그 창문에 서 있었다. 워낙 멀리 있어 표정을 거의 볼 순 없었지만, 그녀는 날 가만히 관찰하는 듯했다. 거기에 왓슨 박사나 오빠의 모습은 전혀 보이지 않았다.

일단 충분한 거리를 도망쳐 나온 후에야 — 그러니까 마치 지옥의 통로처럼 칠흑같이 어둡고 연기로 목이 메는 어느 지하 터널을 통과할 때쯤 돼서야 — 겨우 한숨을 돌리고 생각할 겨를이 생겼다.

터널 안은 마치 끝없는 나락 같은 흑암의 연속이었다. 에놀라, 이젠 뭘 해야 하지?

지금 이 순간 친애하는 셜록 오빠와 나이팅게일이 나에 대한 이런저런 이야기를 나누고 있을 끔찍한 상황이 떠올랐다. 오빠는 그녀에게 내가 자신의 실종된 여동생이라고 이야기할 터이고, 나이팅게일은 오빠에게 실종된 터퍼 부인이 내 집주인이라고 이야기할 것이다. 맙소사. 그 순간 속수무책으로 무기력하게 가라앉는 기분이 몸 전체를 가로지르며 이제 더는 터퍼 부인의 집으로 돌아갈 수 없다는 사실이 뼛속 깊이 와닿았다. 분명 셜록 오빠는 조사의 일환으로 터퍼 부인의 집, 그러니까 내 거처를 알아낼 것이기 때문이다.

고로 이제 나는 졸지에 집도 절도 없는 신세가 되었다. 만약 추적을 당한다면, 그야말로 내가 갈 곳은 어디에도 없으리라. 아직 셜록의 향방이나 더 악랄한 그 준수한 옆모습 사내의 향방을 알아낼 순 없었지만, 둘 중 누구도 라고스틴 박사의 사무실을 알아선 안 될 일이었다!

고로, 이제 내가 갈 수 있는 피난처 따윈 없었다.

그렇다고 이렇다 할 계획이 있는 것도 아니었다.

아, 이렇게 비참한 적도 좀처럼 없었던 것 같다…….

자, 에놀라, 그냥 이렇게 주저앉아선 안 돼!

내 머릿속의 이 목소리는 엄마의 목소리였지만, 사실 내 목소리이기도 했다. 엄마가 사라진 후 다시 엄마를 본 일은 결코 없었지만, 엄마는 내 안에 계속 살아 있었다.

넌 네 자유를 잃을 위험에 처해 있어. 하지만 터퍼 부인은 자기 목숨을 잃을 위험에 처해 있지. 그러니 우선 네 불운한 집주인부터 찾은 뒤에 너 자신을 걱정하는 게 어때?

그렇게 짙은 어둠 속에서 지하의 매캐한 공기를 들이마시며 난 지그시 눈을 감았다.

자, 이제 생각하자.

그래 잘하고 있어, 에놀라.

누가 터퍼 부인을 납치했을까?

플로렌스 나이팅게일은 '관련자' 중 누구라도 추문을 막기 위해 이 메시지를 확보하고 싶어 할 수 있다고 말했다.

그렇담 과연 '어떤 사람들이 연루돼' 있을까?

그리고 어떤 사건들 때문에 그들이 연루됐을까? 터퍼 부인은 자신의 크리놀린을 30년 이상이나 옷장에 쑤셔 넣고 평화롭게 살아왔다. 그런데 왜 갑자기 이모든 혼란과 말썽이 일어난 걸까?

난 아는 게 아무것도 없었다.

하지만 내 벨트에서 풀어놓은 지 좀 되는 가죽 가방 덕분에 여전히 그 메시지는 내 수중에 있었다.

135

그럼 지금 해야 할 일은 바로 그 메시지를 해독하는 일이다.

11장

암호의 해독을 위해선 모스 부호 사본이 필요했다.

그렇담 어디로 가야 구할 수 있을까? 대영박물관? 쳇, 고약한 노인들의 굴? 내게는 안식처가 필요했다. 또한 애석하게도 난 나이팅게일이 준 스콘을 입에 대지도 않은 터라 뭔가 먹을 게 필요했다.

마음에 여유도 생기고 얼굴에 미소도 지어지는 걸 보니 마침내 정신이 제대로 작동하는 듯했다. 나는 이쯤이다 싶은 역에서 지하도를 빠져나와 외딴 모퉁이를 찾아 몸을 추슬렀다. 그런 다음 다시 런던 거리로 나와 재빨리 여기저기 둘러보기 시작했다. 멀쩡한 얼굴을 하고 날 따라다니던 그 악당이나 다른 위험한 자들의 흔적 따윈 보이지 않았다. 나는 그렇게 큰 도로를 향해 걸어가다 마차를 불러 세웠다.

"시내 중심가요." 마부에게는 이렇게 말했다. 내 자세한 목적지를 온 세상이 들도록 노래까지 부르고 싶진 않았기 때문이다.

잠시 후 안도의 한숨을 내쉰 나는 런던에 있는 아마도 세계 최초 격인 전문 여성 클럽으로 들어갔다. 전에 와본 적은 없지만 워낙 유명한 곳이라 익히 들어 알던 곳이었다. 보통 여자의 출입을 허용하지 않는 남자 클럽처럼 이 작은 요새도 남자의 출입을 허용하지 않았다. 하지만 남성 클럽들이 신규 회원들에게 노인들의 후원을 받도록 요구한 반면, 전문 여성 클럽은 회원비만 지불하면 어떤 여성이든 민주적으로 환영했다. 다만 회원비는 클럽 측에서 사실상 꺼리는 서민층의 출입을 제한할 만큼 상당히 높은 금액이었다.

나는 수표를 써주고 회원증을 받은 후 안쪽으로 들어가 이 안식처의 편안한 분위기를 둘러봤다. 그리고는 다른 몇 명의 회원들(내 보기에 나만큼 차려입은 젊은 사람들)에게 고개를 끄덕이면서 차와 샌드위치를 주문한 뒤, 백과사전의 M권을 집어 들어 클럽 내 도서관에 자리를 잡았다.

그 후로 차와 샌드위치를 추가로 주문하고 또 몇 시간이 흘렀다.

. . . . / . * / . . . * / . ∨ . * * . / . * . / * *

* / * * * / . . * . ∨ . * * / . * . / . / . . * .

/ * * * / . * . / * . . ∨ . . . / . / . * . . / .

* . . / . . / * . / * * . ∨ . . . / . . * / . * * .

/ . * * . / . * . . / . . / . / . . . ∨ * . * . /

* * * / * . / . . . / * / . * / * . / * / . . / * .

/ * * * / . * * . / . * . . . / ∨ * * / . * / . * .

/ * . * / . / * ∨ . * / . * * . / . * * . / . / . *

/ . * . . / . / * . . ∨ * . * . / . * . / . . * / . .

/ * . * / . . . / . . . . / . * / * . / * . * / . . .

∨ . . . . / . * / . * . . / . * . . ∨ . * . / . * / *

* . / . * . . / . * / * . ∨ * . / * * * ∨ . * / . . .

* / . * / . . / . * . . ∨ * * * / . . * . / . . * .

/ . . / * . * . / . / . * . / . . . ∨ * . * . / . *

/ . * . . / . * . . / * * * / . . * / . . . ∨ * * *

/ . * . ∨ . * * / * * * / . * . / . . . / . ∨ . * * .

/ . * . / * * * / . . * . / . . / * / * / . . / * . /

* * . ∨ . * * / . . . . / . . / . * . . / . ∨ * * / .

/ * . ∨ . . * . / . * . / . / . / * * . . / . ∨ . . .

/ * / . * / . * . / . . . * / . ∨ * . . / . . / . ∨

* . . . / . / * * . ∨ * . * * / * * * / . . * ∨ . . *

/ . . . / . ∨ . . / * . / . . * . / . * . . / . . *

/ . / * . / * . * . / . ∨ . . . * / . * . ∨ * . . / .
/ . . . / . * * . / . * / . . / . * . / . . / * . / *
. * . ∨ . . * . / * . ∨

그런 다음 마침내 해독해낸 메시지는 이랬다.

HAVE PROOF WREFORD SELLING
SUPPLIES CONSTANTINOPLE
MARKET APPEALED CRUIKSHANKS
HALL RAGLAN NO AVAIL OFFICERS
CALLOUS OR WORSE PROFITTING
WHILE MEN FREEZE STARVE DIE
BEG YOU USE INFLUENCE VR
DESPAIRING FN

우선 맨 끝줄에 있는 F.N.은 당연히 플로렌스 나이팅게일이었고, 바로 위 끝줄에 있는 V.R.은 빅토리아 레지나, 곧 빅토리아 여왕이었다. 그렇담, 레포드WREFORD는 누굴까? 크룩생크스CRUIKSHANKS는? 홀HALL은? 래글런RAGLAN은?

다행히도, 백과사전 C권의 '크림반도 분쟁'에 관한 설명을 통해 난 크룩생크스가 그 전쟁의 장군이었다는 사실과 레포드가 그 군대의 터무니없기 짝이 없는 군수품 공급자였다는 사실 그리고 래글런이 엉터리 명령으로 수백 명의 기병 여단을 죽음으로 내몬 피비린내 나는 난장판의 책임자, 곧 반반한 외모에 완전히 무능한 지휘관이었다는 사실을 알게 됐다.

이렇게 메시지 안의 용의자들을 일일이 찾아보고 나서야 비로소 그들이 시드니 웜브럴 경처럼 내가 찾거나 질문할 수 없는 고인이란 사실을 깨달았다.

그렇다면 난 지금 무엇을 해야 할까?

머릿속이 온통 캄캄했다. 마음의 평정을 유지하기가 힘들었기 때문이다. 지금 내 기분이 어떻든지 간에 어쨌든 셜록 오빠가 날 여기까지 추적할 가능성은 전혀 없다는 걸 알면서도 혹시라도 내가 문밖으로 나가는 순간 바깥에서 대기하고 있던 오빠가 날 덮치는 건 아닐까, 그런 모습이 계속해서 떠올랐다. 생각이 여기까지 미치자 불안한 마음에 가만히 앉아 있을 수가 없었다. 나는 셜록 오빠, 나이팅게일, 마이크로프트 오빠, 왓슨 박사, 런던 경찰청, 흰색 가발을 쓴 치안판사 그리고 잔인한 기숙학교 수간호사 등 기괴하기 짝이 없는 시나리오들을 끝도 없이 떠올리며 초조한 맘으로 전문 여성 클럽 내 최신 동양식 가구로 치장된 독서실, 카드 놀이방, 다과실, 오전용 거실 등을 여기저기 정처 없이 서성댔다.

에놀라, 이래선 안 돼. 난 터퍼 부인을 생각해야만
했다. 그러려면 리스트를 만들어야겠다는 생각이 문
득 떠올랐다.

하여 난 우선 가장 가까운 자리에 앉아서는 — 그
러니까 친츠(특히 꽃무늬가 날염된 광택 나는 면직물-역주)
로 새로 간 낙타 등 모양의 매우 세련된 소파에 앉았
다. 어느새 난 몇 명의 나이 든 여자들이 수다를 떨려
고 모여든 멋진 작은 응접실에 들어와 있었던 것이다
— 종이와 연필을 꺼내 아래와 같이 쓰기 시작했다.

터퍼 부인은 어디에 있을까?

잘생긴 옆모습의 그 남자는 누구일까?

터퍼 부인을 사륜마차에 태워 데려간 자는 누구일까?

그렇게 한 이유는 무엇일까?

도대체 누구와 이야기하려고 부인을 데려간 걸까?

기타 등등. 친애하는 독자들이 보기엔 다소 바보 같
은 내용으로 여겨질 것이다. 그도 그럴 것이 당시 난
한편으론 불안했고, 한편으론 사방에서 들려오는 이런
저런 지적 유희의 말로 정신이 산만해진 상태였다. 가
령, 헐렁하고 편안한 '탐미적' 의상을 차려입고 백발을

등까지 늘어뜨린 한 키다리 여자는 이렇게 떠들고 있었다. "……가엾은 로드니, 그렇게 유쾌하고 부유한 신사가 풍채는 또 너무 없어, 반면에 그 동생은……."

그러자 다른 여자가 "아마 다들 의아해할 거예요."라고 웃으며 끼어들었다. "형에겐 모든 장자의 권리가 주어지고, 동생에겐 모든 강인함이 주어진 걸 진화론으로 어떻게 설명해야 할까요?"

"오, 그건 진화론이 아니에요. 우리의 어처구니없는 장자 상속법이죠."

"유감이네요," 또 다른 노부인이 내뱉었다. "로드니는 동생 제프리가 말만 하면 거의 모든 걸 해줄 테고, 그렇다면 제프리의 강인함이 좋은 것만은 아니라고들 하더군요."

그런데 난 왜 하필 지금 ― 생각에 집중해도 모자란 이때 ― 잘 알지도 못하는 사람들이 떠드는 소릴 듣고 있을까? 하지만 귀를 닫을 수는 없는 노릇이었다. 물론 다른 방으로 가야 한다는 건 알고 있었지만 그러지 못했다.

그때 나이 지긋한 어떤 부인의 여유로운 목소리가 들려왔다. "맞아요, 그의 사랑하는 어머니가 몹시 실망하겠네요. 그러고 보니 그 집안의 좋은 성품은 주로 여자 쪽에서 물려받았군요."

"그러게요, 교양 있는 집안은 대체로 그렇지 않나요?"

순간 와글거리는 웃음소리가 일었고, 그사이 탐미적 의상의 백발 여성이 입을 열었다. "좋은 가정과 인품에 대해 말이 나와서 말인데, 혹 유도리아 홈즈 부인에 대해 들은 사람 있어요?"

엄마다! 엄마의 이름이 그렇게 아무렇지도 않게 즉흥적으로 불리는 걸 듣고 있자니 비통함에 잠시 숨이 막혀오고, 세상이 빙빙 돌고, 기절할 것만 같았다. 말도 안 되는 소리, 난 절대 기절하지 않을 거다. 여기서 한마디도 놓쳐선 안 되니까! 하지만 말하는 사람들을 둘러볼 수도 없는 상황에서 가파른 맥박과 헐떡이는 숨소리를 조절하려고 혼신의 힘을 다하다 보니 시간이 갈수록 몸이 굳어져왔다.

"……그녀는 사라진 후 전혀 소식이 없어요. 아직 살아 있는지도 모른다죠."

"아, 틀림없이 잘 살아 있을 거예요." 쾌활한 목소리의 또 다른 세 번째 여인이 입을 열었다. "그녀같이 강인한 여성이 그렇게 쓰러져 죽을 리 없죠. 젊은 사람들 말마따나 아마 그녀는 새 출발을 했을 거예요."

순간 여기저기서 맞장구치며 중얼거리는 소리가 들려왔다.

"저도 그러길 바라요." 탐미적 의상의 여성이 거들었다. "마침내 자기 뜻대로 살 수 있는 기회를 가졌으면 좋겠어요."

보아하니 이 여성들은 엄마의 친구였다. 우리 엄마의 친구들! 어쩌면 단순한 생각, 그러니까 그들이 엄마와 가까운 사람이었다는 생각이 이리도 날 감성적으로 만들어놓다니! 내 온 마음이 그리움에 사무쳤다. 엄마가 지금 살아 있고, 자신의 삶을 마음껏 즐기고 있다고, 그들만큼이나 나도 확신할 수 있으면 좋으련만……

"아마 그녀는 해외로 갔을 거예요." 그 쾌활한 여성이 말했다. "항상 여행을 떠나고 싶어 했거든요."

난 그런 줄 전혀 몰랐다!

"그렇담 그녀가 발칸반도로부터 멀리 떠나 자유롭게 여행 다니길 바라야겠네요."

"늘 그렇듯 발칸반도는 문제가 들끓고 있지요?"

"누군가가 크림 전쟁 추문인지 뭔지를 일으키려 벼르고 있다는 얘기가 여기저기서 들려오더군요."

"또요? 그런데 왜 하필 지금 누군가가 그 잠동사니를 들추려고 할까요?"

"그러게요."

"짐작이 안 가네요."

"아마도 또 레포드에 관한 일이 아닐까요? 그 추악한 사건에 관해 재탕해봐야 해롭기만 할 텐데……."

"……오늘날의 진보 정신은……."

그들의 화제가 정치와 개혁으로 바뀐 후에야 나는 겨우 귀를 닫고 엄마에 대한 생각과 감정에서 벗어나 (엄마에 대한 감정에서 그때그때 재빨리 벗어나는 데에도 어느새 익숙해져버렸다) 아래와 같이 쓸 수 있었다.

어떤 계기로 이 무서운 일이 시작됐을까?

터퍼 부인을 통해 자신의 메시지를 전달하고 싶어 한 사람은 누구고 또 그 목적은 무엇이었을까?

여기서 누가 득을 봤을까? 개혁을 반대하는 무리일까? 플로렌스 나이팅게일을 난처하게 하기 위해서일까?

<u>수많은 사람 가운데 터퍼 부인이 '버드'에게 전달할</u> 메시지를 가진 사람이란 걸 알고 있던 사람은 과연 누구일까?

순간 나는 불쑥 쓰던 글을 멈추고 멍하니 연필을 치켜들었다. 보라, 마침내 이제야 내가 스스로에게 올바른 질문을 던진 것이다. 과연 누가 그 비밀의 크리놀린의 존재를 알고 있었을까? '버드'에게 메시지를 전하기 위해 정식 배송업자가 아닌 사람을 끌어들인 점,

또한 터퍼 부인 자신도 그 치렁치렁한 드레스가 중요한 드레스라는 걸 전혀 눈치채지 못했다는 점을 감안할 때…….

그 드레스에 대해 누가 알고 있었을까? 분명 레포드, 크룩생크스, 홀, 래글런은 아니다! 아니면 그들의 상속자들일까?

비밀 암호로 메시지를 보낸다고 할 때, 그것에 대해 알고 있어야 하는 사람은 누굴까? 바로 보낸 사람이다. 그리고 배달부. 보통은 그렇다. 그리고 아마 메시지를 받게 될 사람도 알고 있을 것이다.

플로렌스 나이팅게일도 알고 있었다.

나는 아래와 같이 썼다.

나이팅게일은 이름만으론 터퍼 부인을 기억하지 못했다.
나이팅게일은 터퍼 부인을 찾기 위해 셜록 홈즈를
고용했다.
개인적인 느낌: 나이팅게일은 내게 거짓말을 하고
있지 않았다.
합리적인 가정: 나이팅게일은 결백하다.

147

그래, 아주 좋아. 나이팅게일이 내 집주인을 납치하지 않았다면 ― 그리고 분명히 터퍼 부인이 스스로 납치되도록 상황을 부추기지 않았다면 ― 의심되는 사람 가운데 유일하게 남은 이는 시드니 웜브럴 경이다.

"하지만 그는 나이팅게일의 '현' 동맹자이거나, 지금은 이미 고인이기에 '전' 동맹자가 아니던가!" 나는 마음속으로 강하게 부인하며 읊조렸다. 그때 나도 모르게 헛소리가 툭 튀어나왔다. "그의 유령이 아니라면……."

헛소리가 아니었다. 정말 유령이라 해도 믿을 만큼, 고故 시드니 웜브럴 ― 아니 적어도 검은색 종이에 그려진 그 옆얼굴로 보건대 ― 경과 똑같은 자가 날 뒤쫓고 있었다.

그러나 사이언티픽 퍼디토리언의 이성적 세계엔 유령 같은 건 존재하지 않으므로 그 남자, 그러니까 밤에 푸른 드레스를 훔쳐 갔으며, 플로리에 따르면, 부인을 유괴한 남자는 시드니 웜브럴 경의 친족일 수도 있다. 그렇담 아마도…….

웜브럴 경의 아들?

터무니없는 소리, 나는 나 자신과 논쟁을 벌였다. 그도 그럴 것이 웜브럴 가는 영국에서 가장 존경받는 영예로운 가문 중 하나다. 다시 말해 웜브럴 가문의 자손이 귀머거리에 늙은 내 집주인을 학대하는 것도 모자라 납치를 위해 악당과 결탁했다는 건 말도 안 되는 생각이었다.

하지만 달리 누가 또 그런 짓을 했을까?

게다가 플로렌스 나이팅게일은 윔브럴 가문을 두둔하지 않았던가? 그리고 젊은 윔브럴이 최근 상원의원에 입성한 일에 대해서도 좋게 말하지 않았던가?

그런가 하면 또 터퍼 부인의 집을 털러 갔던 전혀 어울리지 않는 악당 한 쌍은 '귀족 나리'에 대해 비꼬는 말을 하지 않았던가?

"맙소사!" 순간 나는 중얼거렸다. 터무니없는 생각이긴 했지만 그래도 퍼즐이 맞춰지는 듯했다. "그 *개입이* 이 난장판을 만든 것이다!"

몇 분 후, 나는 참으로 통찰력 있게도 이곳 전문 여성 클럽 내 도서관에서 꺼낸《보일즈》지에서 주소 하나를 베껴 호주머니에 넣은 후 원래 자리로 갖다났다.

마음이 어수선하고 당혹스럽고 두려웠다. 사정이 그러하다 보니 또 뜬금없이 "우리가 사는 최고의 세상에서 모든 일은 최고의 결과를 낳을 재료일 뿐이다"라고 주장한 18세기 철학자 알렉산더 포프와 그의 철학이 ― 다시 말해, 아기가 죽은 경우 아기가 살았더라면 훨씬 더 상황이 안 좋아졌을 거라고 스스로 되뇌어야 하고, 만약 수천 명의 고아가 가난한 집에서 굶주리고 있다면, 분명 이건 더 고귀한 목적을 위한 일이라고 생각해야 한다 ― 떠올랐다. 고로 이 철학을 내 경우에도 적용해보면, '쫓기고 도망 다니느라 비록 집에도 못 돌아가고 침대에서도 잘 수 없지만, 이 밤에 새로운 곳으로 떠날 수 있으니 그래도 멋진 일 아닌가?'라고 생각해야 한다.

내가 지금까지 알아낸 것 중에 가장 흥미로운 건 윔브럴의 타운하우스 주소였다. 부디 이곳에서 터퍼 부인을 찾을 수 있기를!

12장

윔브럴 홀은 플로렌스 나이팅게일의 집에서 불과 한 블록 떨어진 메이페어 지역에 위치한 곳으로 품격 있는 네 개의 흰색 탑으로 이루어진 저택이었다. 해 질 무렵, 난 아침에 벗어둔 어두운 드레스를 다시 입고 낡은 갈색 가죽 가방을 든 채 나무가 늘어선 거리 맞은편의 친숙한 오크나무 그늘에 서서 윔브럴 홀을 살펴보고 있었다. 문득 윔브럴 홀의 주소가 혹 오래전 플로렌스 나이팅게일이 스쿠타리의 공포 속에서 터퍼 부인에게 건네준 명함에 있던 그 주소일 수도 있다는 생각이 들었다.

여러 개의 귓돌과 받침대가 있는 이탈리아 저택 윔브럴 홀은 기어오르고 싶은 유혹이 들 정도로 간단해 보였다. 하지만 스스로 주지해야 할 사항은 기어오르는 것만이 능사는 아니라는 점이었다. 설령 그렇게 울타리를 기어오르고 필히 거쳐야 할 감시망도 통과해 터퍼 부인을 찾는 데 성공했다 치자. 그럼 그다음엔 어쩔 텐가? 부인이 탑 창문에서 나와 함께 벽을 타고 내려올 건가? 그건 거의 기대할 수도 없는 일이었다.

음.

그동안 난 대개 잠행이나 뇌물로 원하는 걸 얻을 수 있었다. 그러나 이번 경우엔 — 그러니까 윔브럴 가 사람들은 돈이 많아 내 돈 따윈 필요 없었기 때문에 — 뇌물도 잠행도 소용없을 것이다. 고로 난 전엔 해보지 못한 걸 시도하기 위해 마음을 단단히 먹어야 했다.

사실 난 앞서 살펴본 《보일즈》지를 통해 시드니 윔브럴 경이 두 아들을 남기고 죽었는데 아버지의 뒤를 이어 새롭게 윔브럴 경이 된 장자의 이름은 로드니이며, 동생은 제프리란 걸 알게 되었다.

그러고 보니 이제, *지금에서야*, 전문 여성 클럽에서 우연히 엿들은 대화가 가장 중요한 정보로 와닿았다. 로드니? 제프리? 분명 이 이름들을 들은 건 우연이 아니었다. 특히 로드니는 최근 상원의원의 자리에 앉은 터라 부인들이 그에 대해 이러쿵저러쿵 말들이 많은 것도 당연했다.

부인들의 말에 따르면 로드니는 마음씨 좋은 형이

었다. 고로 나는 그에게 부인을 풀어달라고 직접 호소하기로 결정했다. 그러니까 더 어리고, 덜 꼼꼼한 제프리가 이미 부인을 어딘가로 보내지만 않았다면 말이다! 존경받는 시드니 윔브럴 경의 어떤 아들이라도 그런 불명예스러운 행동을 할 수 있다곤 생각하고 싶지 않았지만, 그래도 일단 부인을 납치한 후 부인에게서 정보를 빼내려고 했다면, 그렇다면⋯⋯.

빌어먹을! 이 생각을 하자 문득 비통함이 밀려왔다. 하지만 섣불리 그 집에 쳐들어갔다가 완전 길이라도 잃는다면? 윔브럴 홀의 문 앞으로 삐기며 걸어가다 완전 바보짓이라도 하게 된다면? 그게 아니면⋯⋯ 다시는 거기서 못 나오게 된다면?

에놀라, 자신을 굳게 믿어야만 해. 그렇지 않으면 절대 해낼 수 없어. 이제 이 모든 걸 다시 한번 검토해봐. 한 번에 한 단계씩.

그렇게 마음을 다진 후 문득 주위를 둘러보았을 때 거리엔 나만 어슬렁거리고 있는 게 아니었다. 무슨 값나가는 물건이라도 찾는 양 점잔 빼는 회색빛 턱수염의 가련한 노인 하나가 어슬렁거리며 배수로를 살펴보고 있었던 것이다. 그는 거지는 아니었지만, 낡아서 올이 다 드러난 신사복 차림에 지팡이를 짚고 걷고 있는 모습이 마치 유령 같아 보였고, 비록 키는 컸으나 나이가 많아 허리가 잔뜩 굽은 상태였다. 또 손질 안된 구레나룻은 그의 얼굴 대부분을 가리고 있었고, 끝이 잘린 실크해트(서양의 남성 정장용 모자-역주)가 얼굴의 나머지를 가리고 있었다. 보통 땀에 찌든 실크해트가 중고 소품 가게로 팔려가면 맨 꼭대기 부분은 물론 얼룩진 부분까지 잘려나가 납작하니 모자챙만 남기 일쑤다. 필시 이 노인의 모자는 이런 과정을 적어도 세 번은 거쳤으리라.

예전에 나는 이런 실크해트를 한 번 본 적이 있다. 어느 추운 겨울밤, 커다란 금속제 빨래통에 노숙자들을 따뜻하게 해주려고 피워놓은 불 옆에서였다. 정말로, 그때 난 옷만 약간 다를 뿐 똑같은 노인을 본 적이 있다. 그렇게 나는 이 흥미로운 사람을 알아봤고, 그가 다가오자 사정없이 방망이질치는 가슴을 부둥켜안고 혹시나 그의 눈에 띌세라 노심초사하며 오크나무 그늘에 가만히 서 있었다.

다행히도 그는 내 쪽으로 고개를 돌리는 일 없이 길 건너편에서 날 지나쳐갔다. 일단 그가 날 알아차리지 못했다는 합리적인 확신이 서자 안도의 숨이 터져 나왔다.

맙소사. 이건 그렇다 치고 다음엔 또 뭐가 날 기다리고 있을까?

노인에게서 시선을 떼지 않은 채 그가 웜브럴 홀을 둘러싼 연철 울타리의 둘레길을 따라 모퉁이를 돌아갈 때까지 계속해서 지켜봤다.

그가 시야에서 사라진 후에도 난 오크나무 그늘에서 움직이지 않았다. 그렇게 기다리면서 나는 터퍼 부인을 찾기 위한 내 계획의 등장인물에 이 노인도 넣을 것인지 따져보며, 지금껏 추리한 내용을 짚어보았다.

로드니 웜브럴 경은 상원의원의 자리를 얻었다.

로드니 웜브럴 경은 (혹은 제프리가 먼저 그 걱정에 불을 지폈을 수도 있지만) 아버지가 받지 못한 오래전 메시지가 혹시라도 표면에 드러나 자신을 곤란하게 할까봐 걱정하고 있다.

하지만 제프리는 자신의 부귀영화를 위해, 아니면 단지 권력욕을 위해 로드니의 경력을 떡 주무르듯 하고 있다.

고로 질 나쁜 자들과 어울리며 불법 행동에 맛 들인 제프리는 (폭력배 친구 한 명과 함께) 필시 그 잃어버린 골칫거리 메시지를 되찾는 일에 착수한다.

하지만 메시지를 찾지 못한 제프리와 그 친구는 터퍼 부인을 납치한다.

'유쾌하고 호의적인 신사' 로드니 웜브럴 경은 아마도 이런 상황에 상당히 화가 났겠지만, '소심한' 그로선 이 일을 바로잡을 어떤 일도 하지 못했다.

그러니 어쩌면 나, 에놀라 홈즈가 제프리와 맞서서 뭔가를 할 수 있을지도 모르겠다……

때마침 그 기력 없고 허세만 남은 노인이 다시금 윔브럴 홀의 연철 울타리 저쪽 편 모퉁이에 불쑥 나타났다.

그렇다. 내 생각대로였다.

그래도 난 노인에게 다가가지 않고 기다렸다.

어슬렁거리며 윔브럴 가의 땅을 이미 한 바퀴 돈 노인은 윔브럴 가 소유지의 앞쪽을 따라 다시 절뚝이며 걷고 있었다. 보아하니, 내 짐작대로, 그는 잠시 인근에 머무를 의도였다.

사실 나로선 두려운 게 당연했다. 앞으로 맞닥뜨릴 일을 생각할 때, 정말이지 커다란 두려움이 엄습해올 만도 했다. 하지만 그 노인이 다가왔을 때, 그에게서 느껴지는 왠지 모를 애달픔과 따뜻함이 내 마음을 채우고 날 미소 짓게 했다.

나는 이내 군인처럼 몸을 곧게 펴고 고개를 높이 쳐든 채 앞으로 걸어갔다. 그 노인의 바로 앞에서 거리를 가로질러, 비록 노인을 대놓고 쳐다보진 않았지만, 가방을 전후좌우로 흔드는 동시에 혹 노인이 알아챌세라 흘끔흘끔 눈치를 봐가며 성큼성큼 앞으로 걸어갔다. 그렇게 윔브럴 홀로 이어지는 포장길을 걸어 대담하게도 대리석 계단을 오른 나는 횃불이 켜진 비막이를 지나 현관 앞에 서서 거대한 마호가니 문을 두드렸다.

집사 하나가 정문을 열더니 마치 날아드는 벌레를 보는 시선보다도 못한 눈초리로 메리노(털이 길고 고운 양의 품종-역주) 양모 차림의 고독한 독신녀 같은 내 모습을 주시했다. 그는 아무 말도 하지 않았다.

나는 매우 단호한 어조로 "윔브럴 경을 만나러 왔는데요."라고 또박또박 말한 후 거절당하기 전에 다시 한번 덧붙였다. "윔브럴 경이 꼭 만나주리라 믿어요."

순간 집사의 눈썹이 마치 위협이라도 하듯 동그랗게 구부러졌지만, 내 꼿꼿한 자세와 빳빳한 귀족적 말투가 나에 대한 첫인상을 다소 뒤집어놓은 듯했다. 말이 나와서 말이지만 셜록 오빠처럼 모방에 도가 튼 사람이라든지, 감히 말하건대 나 같은 사람이 하층민의 억양을 쉽게 흉내 낼 순 있어도, 반대로 하층민이 상류층 억양으로 말하는 건 아예 불가능하거나, 적어도 내가 알기로 그런 사례는 없었다.

그렇게 내 h 발음의 품격 덕분에 집사는 자신을 낮춰 말했다. "명함을 주시겠어요, 아가씨?"

"지금은 명함도 없고, 아직은 이름을 밝힐 수도 없어

요." 순간 나도 모르게 이런 대사가 툭 튀어나왔다. "윔 브럴 경에게 간단한 메모를 보내도록 허용해준다면, 윔브럴 경이 절 보러 나올 거예요."

이 대사는 내 계획의 일부였다. 대개 집사들은 속을 잘 드러내진 않아도 호기심과 인간애를 지니고 있다 는 게 내 지론이다. 필시 내가 하려는 일이 궁금했을 집사가 이내 한쪽으로 비켜서며 윔브럴 홀 안으로 날 안내했다.

그렇게 홀 안에 발을 들여놓자 대리석 바닥으로 된 넓디넓은 입구 쪽 복도가 나타났다. 엘크(북유럽이나 아 시아에 사는 큰 사슴-역주) 두개골, 사무라이 검, 이집트 석관, 코끼리 발 모양 우산 받침대, 오달리스크화(동양 풍의 여성 나체화-역주) 및 온갖 남자 아기 상과 골동품 이 즐비한 이 냉엄한 기운의 복도는 차라리 박물관이 라 하는 편이 나을 정도였다. 안쪽 서재엔 의자도 없 고, 마침 집사도 자리를 권하지 않은 채 글 쓸 도구를 가지러 가는 바람에, 나는 그렇게 조각상 옆에 서 있 을 수밖에 없었다.

158   문득 현관문 근처의 은쟁반에 위층으로 올려 보낼 편지가 쌓여 있는 게 눈에 띄었다. 그래 이거야! 내가 본 편지들 중 몇 통은 사악한 곤봉과 창으로 갈겨쓴 듯한 바로 그 검은 잉크 필체가 분명했다.

보낸이: *G. 윔브럴 경, 제프리,*

온몸에 전해오는 전율을 억누르며 나는 굳이 그를 만날 필요가 없기를 바랐다.

다른 편지들, 그러니까 *R. 윔브럴 경*이 쓴 편지들의 문체는 다소 단조로워 보였다. 하지만 로드니는 귀족이자 상원의원으로서 그의 편지를 받아 적어줄 비서가 있을 터라 편지 문체가 그의 문체라고 확신할 순 없는 노릇이었다.

집사가 돌아오는 소리를 들으며 나는 타조알인지 뭔지로 만든 컵들이 전시된 골동품 쪽으로 시선을 돌렸다. 집사가 말없이 다가오더니 양질의 종이, 펜, 잉크병, (글 쓸 때 불을 밝힐 수 있도록) 촛불을 켜둔 초로 구성된 필기대를 내밀었다. 하지만 나는 이런 준비물들을 보며 얼굴을 찌푸렸다. "봉랍(편지, 포장물, 병 따위를 봉하여 붙이는 데 쓰는 수지질의 혼합물-역주)을 가져오세요." 나는 급한 어조로 또한 바라건대 미스터리한 기운을 뿜으며 말했다.

"무슨 색으로요, 아씨?" 내가 자신에게 이래라저래라하는 걸 감지한 집사가 반박의 어투와 쏘아붙이는 어조로 대꾸했다. 그도 그럴 것이 보통은 촛농으로 편지를 봉인해도 충분했다. 편지를 봉인할 경우 주인도 읽을 수 없기에 집사가 반박의 어투를 내보인 건 당연

159

했다. 또한 보통 봉인의 색깔마다 상징성이 있기에 내 의도를 캐내기 위해 그런 쏘아붙이는 억양으로 말한 것도 당연했다.

하지만 그와 동시에 난 내 호칭도 덩달아 '아가씨'에서 '아씨'로 승급된 걸 알아차렸다.

"음, 당연히 붉은색이죠." 내가 집사에게 말했다. "심홍색보다는 진홍색이요." 그리고 나서는 그가 무슨 색을 가져오든 그냥 내버려 두었다.

그가 봉랍을 가지러 가자, 나는 펜을 들고 크고 강한 필체로 아래와 같이 쓰는 데 집중했다:

내가 버드의 메시지를 가지고 있다.

지체 없이 터퍼 부인과 교환하자.

거절할 시 바로 경찰에 알리겠다.

나는 서명하지 않은 상태로 이 종이를 말린 다음, 어깨 너머로 집사가 돌아오는지 살피며 얼른 접었다. 그러고는 돌아온 집사에게서 빨간색 봉랍 막대를 받아들고 촛불로 녹인 핏빛 봉랍을 접은 부분 위에 떨어뜨렸다. 그런 다음 납작하게 누를 요량으로, 인인認印 반지(글 쓰는 일이 소수만의 기술이었던 시대에 남자들은 어떤 기호나 표상을 새긴 반지를 편지나 기록 등의 인장에 사용

함-역주)나 그 비슷한 물건이 '짜잔' 하고 나타났으면 좋으련만 생각하며 손가락으로 꾹 눌러 봉인했다. 그렇게 봉인이 꽤 굳은 걸 확인한 나는 집사에게 편지를 내주었다.

편지를 받아든 집사는 주인에게 전달하러 갔고, 나는 아프리카 전쟁 가면이 조각된 나무 계단 아래 서 있었다.

꽤 오랫동안 나는 혹시나 작전을 잘못 짠 건 아닌지 근심하며 서 있었다. 혹 내 메시지를 장미와 데이지로 표현했어야 할까? 그랬다면 더 강렬한 인상을 남겼을까? 아냐, 그렇게 했다면 메시지 자체를 못 알아봤을 것이다. 만약 로드니 경이 그 암호에 대해 조금이라도 알고 있다면, 그나 그의 심부름꾼인 제프리도 벌써 크리놀린 리본에 있던 그 암호를 알아봤어야 맞다. 문득 로드니 경에 대해 좀 더 알고 싶은 생각이 들었다. 여리기만 한 그 필체는 그의 것이었을까? 제프리에게 꽤 의존하는 모양인 정황을 볼 때, 그의 필체가 맞는 듯했다.

오, 이런. 만약 로드니가 지금 그 악당 제프리와 상의하고 있는 중이라면?

맙소사, 잠시 후 실제로 로드니가 그러고 있는 정황이 드러났다. 집사가 결국 돌아와서는 내게 조용히 따라오라고 손짓하더니 어둑어둑하고 연기 자욱한 당구실 — 정숙한 부인이라면 기꺼이 발을 들여놓지 못할 곳 — 로 날 안내했기 때문이다. 그렇게 거기서 초록빛 펠트(모직이나 털을 압축해서 만든 부드럽고 두꺼운 천-역주)로 뒤덮인 도박용 테이블을 가로지른 난, 어느새 두 명의 젊은 윔브럴을 마주하고 있었다.

13장

손에 시가를 들고 어슬렁대던 두 사람이 날 감지하자 당구 큐대에 기댔다. 그들의 태도가 어찌나 모욕적이던지 로드니 경도 그의 동생과 같은 악당이 아닐까 두려워지기 시작했다. 좌우 대칭의 타원형 얼굴에 뭉뚝하고 유쾌한 모습이 너무나도 똑 닮은 두 사람은 영락없는 쌍둥이로 보였다. 하지만 그들의 시선만 봐도 둘을 구분하는 데는 전혀 어려움이 없었다. 그러니까 로드니 경의 시선은 풀려 있고 불안해 보이는 반면, 동생 제프리의 시선은 코브라의 머리처럼 날카로워 보였다.

163

나는 한참 동안 말하지 않았다. 솔직히 얘기하자면 *말할 수가 없었다.* 마주한 그들에 대한 공포가 엄습해오며 마치 전쟁터에 나간 징집 병사가 탈영이라도 한 듯 준비해온 모든 말이 쏙 들어가버렸기 때문이다. 하지만 나는 (바라건대) 간신히 척추를 꼿꼿이 세우고 머리를 높이 쳐든 채 두 사람을 응시하기보단 노려보려고 애썼다. 내 침묵이 경멸로 보이길 바랐던 것이다.

나는 또한 내 실제 나이인 열네 살보다 상당히 더 들어 보이기를 바랐다. 그러니까 내 키와 보정 속옷, 그리고 내 날카로운 용모 덕분에 그렇게 보이기를 바랐다.

문득 큐대와 시가를 내려놓은 로드니 경이 신경질적으로 내뱉었다. "그럼, 얼토당토않은 그런 미스터리한 메시지를 보낸 익명의 인물이 바로 당신이란 거요? 장담하건대, 아가씨, 당신은 뭔가 터무니없는 오해를 하고 있소."

"아가씨? 아가씨가 아니지." 제프리는 무심한 듯 허세를 부리며 형의 말을 정정했다. "이 여잔 그 집의 숙박인일 뿐이라고."

"어허!" 순간 내가 소리쳤다. 제프리의 냉담하고 개탄스러운 태도에 신의 가호가 있기를! 그의 태도에 불쑥 화가 치민 나는 즉시 목소리를 되찾았다. "한데 이일에 대해선 암것도 모른다? 감히 날 우습게 보는 건가요?" 비록 내 분노를 불러일으킨 장본인은 제프리였지만, 나는 마치 제프리가 전혀 중요치 않은 사람처럼 곧바로 로드니 경에게 말했다. 아무래도 이런 방식으로 *제프리*를 자극하는 게 나을 듯싶었다. "유괴는 심각한 문제예요. 돈으로 경찰과 언론을 매수할 순 있어도, 플로렌스 나이팅게일 씨는 어림도 없죠. 만일 당신이 한 짓을 알면 그분이 어떻게 반응할 것 같나요? 그분이 백 통이나 되는 편지를 누구에게 보낼 것 같나요? 당신들이 신속하게 상황을 바로잡지 않을 경우 그분이 바로 알게 될 거예요. 그분은 이 문제로 그 유명한 탐정인 셜록 홈즈를 고용한 상태지요."

"제기랄." 제프리가 끼어들었다. "이 여자애가 이런 걸 어떻게 다 아는 거지?"

내가 그에게 쏘아붙였다. "두 *번째*로 나이팅게일 씨를 방문하던 날, 당신이 날 미행했다면 이미 알겠지만, 플로렌스 나이팅게일 씨는 그분의 방에서 날 맞았죠. 그리고 당신이 무방비 상태의 덕망 있는 노파를 납치하느라 그렇게 바쁘지만 않았다면……."

"난 모르는 일이오!" 로드니 경이 터퍼 부인에게서나 나올 법한 점잖은 말투로 외쳤다. "난 전혀 예상치도……."

"닥쳐!" 제프리가 형에게 소리쳤다.

하지만 동시에 나는 훨씬 친절한 시선으로 로드니 경을 안심시키며 말했다. "일이 이렇게까지 될 줄 당신은 전혀 예상치도 못했다는 걸 믿어요. 그렇지 않다면 내가 지금 여기서 이렇게 당신과 이야기하고 있지도 않았겠죠."

"허튼소리!" 다혈질인 제프리가 소리쳤다. "형이 무슨 수를 써서라도 그 전갈을 받아오라고 했단 말이오. 난 할 일을 했을 뿐이야. 그런데 이제 와서 노파에겐 손도 못 대게 하고, 다시 돌려보낼 궁리나 하고 있다니! 그건 당신도 마찬가지야. 그치만, 우리 아버지의 아들 중 적어도 한 명은 배짱이 좀 있지."

제프리는 거친 말을 내뱉으며 눈 깜짝할 사이에 마치 똬리를 튼 뱀처럼 경고도 없이 날 붙잡으러 달려들었다.

당구대를 사이에 두고 있었기 망정이지 하마터면 그가 날 바로 덮칠 뻔했다. 어쩔 수 없이 그는 당구대를 돌아왔고, 그사이 난 서둘러 단도를 꺼내 8인치짜리 강철 날로 그를 위협할 수 있었다.

그가 멈춰 섰다.

"내게 손댔다간 큰코다칠 줄 알아요." 멈춰 서서 내게 눈을 부라리고 있는 그를 향해 내가 나지막하게 내뱉었다. "두 가지 이유에서죠. 이게 그 하나고요." 나는 가스등이 칼날을 확실히 비출 수 있도록 단도를 치켜세웠다. "또 하나는 내가 이 집에 들어가는 걸 내 오빠가 보았고, 대문 근처에서 내가 나오기만을 기다리고 있다는 것이죠." 내 변덕스러운 운으로 볼 때 이게 좋은 건지 나쁜 건지는 좀 따져봐야겠지만 이 말은 사실이었다. 아마 나보다 좀 더 빨리 결론에 도달했겠지만, 셜록 홈즈도 나와 같은 추리를 따라 이곳에 와 있었다. 그러니까 거리에서 어슬렁거리던 그 노인은 바로 위장한 위대한 탐정이었다.

그리고 놀랍게도, 난 비록 내 자유에 대해선 오빠를 믿지 않았지만, 내 목숨을 구해줄 것에 대해선 오빠를 믿고 있는 자신을 발견했다. "만약 내가 일정한 시간 내에 나타나지 않는다면, 오빠는 행동을 취할 것이고, 장담컨대, 당신은 그가 세상에서 가장 무서운 적이라는 사실을 알게 될 거예요."

침묵이 뒤따랐고, 우리는 마치 예술 조형물처럼 서 있었다. 그러니까 나는 벽에 등을 댄 채 단도를 치켜들고 서 있었고, 제프리는 눈에서 사악하기 그지없는 빛을 내뿜으며 두 걸음쯤 되는 거리에 서 있었으며, 로드니 경은 당구대 반대편에 서 있었다. 물론 나는 로드니 경을 쳐다보진 않았지만, 그가 초조함을 못 이겨 손바닥을 비벼대고 있을 것 같다는 생각이 들었다.

167

이제 모든 건 로드니 경에게 달려 있었다.

생각이 거기까지 미치자 내가 이 저택에 들어오기

전 염두에 둔 설득의 핵심이 떠올랐고, 간결하게나마 나는 그 논리로 로드니 경을 설득하기 시작했다. "로드니 경," 나는 차분하게 말했다. "사실 당신의 지위는 윔브럴 경이죠. 당신은 상원의원의 자리에 올랐고요. 당신이야말로 영주 가문의 권위를 가진 분이죠." 그러면서 왼손으로는 내 드레스 앞부분의 가운데 주머니, 곧 내게 '필요한 것'이 준비돼 있는 주머니에 손을 넣었다. 나는 그것을 꺼낸 후 그 뒷면의 철사 걸이를 손으로 더듬어 똑바로 들었는지 확인했다. 악랄한 제프리에게서 잠시도 눈을 뗄 수 없는 터라 손을 쓸 수밖에 없었다. 그러고는 그것을 로드니 경을 향해 치켜들었다. 바로, 옆얼굴이 그려진 작은 초상화를 들고 그와 마주한 것이다.

초상화엔 이렇게 쓰여 있었다. *1853년 여름, 엠블리에서 어너러블 시드니 윔브럴.*

그의 아버지였다.

"로드니 윔브럴 경," 그 존재감 없는 로드니에게 내가 다시 말했다. "당신을 닮은 위대한 정치가의 모습을 보여드리죠. 그는 가치 있는 자손을 얻기에 마땅한 분이에요. 당신은 언제까지……."

순간 제프리가 로드니에게 버럭 소리쳤다. "이 멍청아, 거기 그렇게 서 있기만 할 거야! 형의 큐대로 그 여자를 때려!"

"당신 동생의 유감스러운 행동이 아버지 이름에 먹칠을 하는 걸 언제까지 용인할 작정이죠?"

로드니는 우리 둘 중 어느 쪽에도 대답하지 않았지만, 내 시선 한편으로 그가 무언가를 잡기 위해 손을 뻗는 게 보였다. 긴장한 나는 당구대에 초상화를 내려놓았다. 혹 필요할지 모를 내 두 손을 방어용으로 쓰기 위해서였다. 하지만, 예상은 빗나갔다. 로드니는 당구 큐대를 들고 있지 않았다. 오히려 종의 당김줄을 잡아당겨 하인 — 아마도 집사 — 을 불러들였다.

또 한 명의 키 크고, 힘세며, 무뚝뚝하기 이를 데 없는 남자가 나타났다.

맙소사.

당구실 문이 열리고, 검은 옷차림의 그 무표정한 얼굴이 다가오는 형체가 얼핏 보이긴 했으나, 집사의 그 무표정한 얼굴을 본답시고 잠시라도 제프리에게서 눈을 뗄 엄두는 나지 않았다.

그렇게 로드니 경이 뭘 할지를 기다리며 꼼짝 않고 있던 그 순간과 침묵이 어찌나 길던지 그야말로 한참 동안 그러고 있었다.

분명 집사도 꽤 의아했을 텐데 짐짓 여느 때와 다름없는 뻣뻣한 목소리로 물었다. "벨을 누르셨는지요, 주인님?"

당연히 집사는 로드니 경에게 물었겠지만, 제프리가 불쑥 끼어들며 말했다. "빌어먹을, 빌링스, 우리가 이 추악한 젊은 처자를 진압하도록 하인들 좀 데려와. 밧줄도 좀 가져오고."

"조용해. 내가 지시할 테니." 로드니 경의 목소리가 떨렸다. 하지만 중요한 말은 그다음에 이어졌다. "빌링스, 제프리 나리를 자기 방으로 좀 모셔다드리게."

"뭐라고!" 제프리는 날 공격하고 싶은 만큼이나 형을 공격하려는 듯 형을 향해 포효했다. 하지만 이내 빌링스가 성큼성큼 걸어와 뒤에서 양팔로 제프리를 제압했다. 제프리는 난장판이라도 만들려는 듯 소리쳐대며 팔다리를 마구 흔들었다. 로드니 경이 뒤로 물러서며 다시 벨을 울렸다. 그는 빌링스에게 "다른 하인들의 지원이 필요하면 꼭 요청하게."라고 말한 뒤 내게 함께 가자는 손짓을 보내며 다른 문으로 방을 나갔다.

"그 무서운 건 좀 치워주시죠." 우리가 복도에 발을 들여놓는 순간 로드니 경이 말했다.

내가 단도를 칼집에 넣은 다음에도 등을 보이기 싫었던지 그는 나를 앞세워 걷도록 했다. 아마도 위층으로 가는 듯싶었다. 나는 그가 거실이나 서재처럼 둘이 앉아 협상할 만한 그런 조용한 곳으로 나를 데려가 내 메시지를 그의 인질과 교환하는 방법을 논의할 줄 알았다. 하지만 그는 좁은 뒷길이 아닌 집 앞의 넓고 우아한 세 개의 계단 ─ 그래선지 무섭진 않았다 ─ 을 말없이 오르도록 인도할 뿐이었다. 그렇게 로드니 경이 날 데려간 곳은, 아니 데려갔다기보다 몰아간 곳은 필시 그 저택의 하얀 대리석 탑 중 꼭대기가 틀림없는 곳이었다.

그곳은 임시 감옥치곤 꽤 괜찮아 보였다.

나는 그 자리에 멈춘 채 몸을 돌려 로드니 경의 얼굴을 주시했다.

로드니 경도 멈춘 채 내 시선을 받아주며 가만히 서 있었다. 그의 얼굴은 매우 창백하고, 다소 풀이 죽은 듯했지만 침착해 보였다. "내가 진정으로 아버지의 이름에 걸맞은 윔브럴 경이 되기를 바란다면, 아가씨부터 날 믿어줘야 해요. 알겠소?" 그가 특별히 강하지도, 그렇다고 과하게 불안하지도 않은 목소리로 말했다.

그렇다면 정말로 이 순간에 내 대안은 무엇일까? 이대로 도망치고 부인은 그저 그녀의 운명대로 내버려둘 것인가? 나는 대답하기 전에 잠시 망설였다. "좋아요. 그렇게 하죠."

그가 지쳐 보이는 얼굴로 고개를 끄덕이더니 폭이

좁고, 육중하며, 음침해 보이는 문 앞으로 나를 손짓해 불렀다. 그러고는 큰 열쇠를 꺼내 자물쇠를 따고 옆으로 비켜서며 내게 들어가라고 손짓했다.

고백하건대, 나는 바로 안으로 들어가지 않고 작은 방의 문간에 잠깐 멈춰 섰다. 방 안은 수많은 가스등과 벽 촛대에 꽂힌 촛불로 환히 밝혀져 있었으며, 그 광경은 대충 이러했다.

먼저 화려한 친츠 커튼이 눈에 띄었다.

베개와 퀼트로 가득한 놋쇠 침대도 보였다.

향기로운 사과꽃이 활짝 핀 꽃병도 보였다.

신선한 딸기 한 접시도 있었다.

두 손을 모은 채 곧은 의자에 앉아 또 뭐가 필요한지 살피는 듯 대기하고 있는 젊은 하녀.

그리고 속을 두툼히 채운 커다란 안락의자 옆으로 입체 환등기가 놓인 탁자.

그때 문득 누군가가 베개에 몸을 기댄 채 오락용으로 틀어놓은 듯한 기발한 3차원 이미지를 보며 앉아 있는 모습이 눈에 들어왔다. 바로 터퍼 부인이었다!

순간 상상도 못 할 엄청 강하고 묘한 감정이 한꺼번에 복받쳐 올라왔다. 그러니까 커다란 안도감에 무릎 힘이 쫙 빠지는가 싶더니, 놀라움과 함께 주체 못 할 분노, 그리고 (아무도 *내게* 신선한 딸기나 입체 환등기를 준 사람은 없었기에) 약간의 시샘이 동시에 밀려왔다. 그렇게 정신을 가다듬을 겨를도 없이 무질서한 감정에 거의 압도된 채 나는 그녀에게 시선을 고정시켰고, 바로 그 순간 그녀의 시선도 나를 향해 꽂혔다. 찌르레기 울음소리를 내며 휘청휘청 걸어오던 터퍼 부인이 내 쪽으로 푹 쓰러졌다. 부축하기 위해 서둘러 앞으로 달려나간 나는 황급히 그녀의 팔을 내 허리에 둘렀다.

"메쓸리 양!" 터퍼 부인은 울고 있었다. 인정하건대, 나 또한 울고 있었다. 그때 하녀가 일어나 무릎을 약간 굽혀 인사하더니 슬그머니 방을 나갔다. 로드니 경의 무언의 신호가 있었음에 의심할 여지가 없었다. 로드니 경은 문 바로 안쪽에 서서 마치 우산이라도 잊어버린 사람마냥 이 폭풍우가 잠잠해지기를 기다리고 있었다.

"오, 메쓸리 양." 터퍼 부인이 연거푸 내 이름을 불렀다. "오, 메쓸리 양, 만나서 정말 기뻐요, 정말이요, 메쓸리 양!"

내 어깨 쪽으로 간신히 다가온 그녀의 머리를 쓰다듬는데 문득 부인이 착용하고 있던 연보라색 리본이 달린 산뜻한 하얀색 새 하우스 모자와 거기에 어울리는 연보라색 새 드레스가 보였다. 가까스로 감정을 추스르며 내가 말문을 열었다. "학대당한 것 같진 않네요."

173

"예?" 그녀가 거북이처럼 고개를 들고 한쪽 귀 뒤에 손을 갖다 대며 대꾸했다.

즉시 모든 게 놀라우리만치 정상으로 돌아온 듯한 생각에 마음이 진정되었다. 나는 한숨을 푹 내쉬면서 곧장 그녀의 귀에다 대고 "괜찮아요?"라고 소리쳤다.

"아! 네, 저분 덕분에요." 여전히 눈물을 글썽이던 부인이 로드니 경 쪽으로 고개를 돌리며 말했다. "'그'는 항상 각반을 착용하는 반듯하고 친절한 신사예요. 하지만 다른 남자는 날 강에 던져버리고 싶어 하죠!"

"전 평생 각반을 차본 일이 없는걸요. 그리고 다른 남자는 이번 주 내 오스트레일리아로 가는 배에 오를 겁니다." 로드니 경이 농담 섞인 어조로 불쑥 말했다.

물론 그의 말을 알아들을 리 없는 터퍼 부인은, "너무 무서웠어요!"라고 외칠 뿐이었다.

"가엾어라." 당연히 부인은 이 사람들이 누군지, 그들이 뭘 원하는지, 어느 쪽이 나이가 많은지 혹은 적은지도 모르는 데다, 혹여나 일이 제프리의 뜻대로 흘러갈까 봐 잔뜩 겁을 집어먹고 있었다. "자, 자, 이제 걱정하지 마요." 그녀가 내 말을 알아들을 수 없다는 걸 매우 잘 알면서도 나는 하소연하는 부인을 달래기 위해 그렇게 중얼거렸다. 동시에 그녀의 굽은 등을 토닥거리며 부인의 어깨 너머로 로드니 경을 향해 자못 진지하게 말했다. "근사한 생각이네요. 당신 동생의 재능은 그런 험한 곳에서 훨씬 더 유용하게 쓰일 거예요."

하지만 유감스럽게도 난 로드니 경이 뭐라고 대답했는지 다시 기억할 수 없다. 왜냐하면 그때 그에게 시선을 돌리던 순간, 그의 뒤쪽 창문을 들여다보는 얼굴 하나가 딱 눈에 띄었기 때문이다.

우리가 4층 객실에 있다는 걸 감안할 때 이건 정말 놀라운 일이었다. 희끗희끗 해초 더미 같은 머리카락 사이로 똑같이 놀란 그자의 날카로운 하얀색 코가 유리에 바짝 눌린 채 삼각형 모양으로 찌부러져 있었다.

하지만, 난 펄펄 뛰며 소리 지르기보다 미소를 머금었다. 실제로 난 이 사람, 곧 셜록 오빠가 어떻게 바깥의 석조물에 매달려 있는지 상상하며 오빠에게 꽤 건방진 표정을 지어 보였다. 나는 진심으로 오빠에게 '메롱' 하고 혀라도 내밀고 싶었지만, 당연히 그럴 순 없었다. 만일 그랬다면 로드니 경도 셜록을 쳐다봤을 것이기 때문이다.

대신에 나는 불안해하는 로드니 경에게 "우리, 아래층으로 내려가는 게 어떨까요?"라고 물었다.

"물론이죠, 메철리 양, 그게 아가씨 이름 맞죠?"

사실 그게 내 진짜 이름은 아니었지만 나는 "딱히 아니라고 하기도 뭐하네요."라고 상냥하게 대답했다.

"터퍼 부인은 특출나게 충성스러운 하숙인을 두셨군요, 메쒈리 양. 어쨌든, 우리 모두 앉을 수 있는 곳으로 가시죠. 차라도 시킬까요?"

"그게 좋겠네요."

14장

협상은 다소 거창한 거실에서 이루어졌으며 시간이
좀 걸렸다. 로드니 경은 부인을 풀어주는 대가로 상당
한 양의 안전장치를 요구했고, 나는 그가 부인에게 상
당한 돈을 주길 바랐다. 하지만 이 두 조건은 조율은
커녕 동시에 만족시키기도 어려웠다.

　나는 이치를 따져 그를 설득하는 데 공을 들였다.
"터퍼 부인은 당신 이름이 뭔지, 당신 동생 이름이 뭔
지도 모르고, 당신이 누구인지, 어디로 끌려왔는지도
전혀 모르고 있어요. 그렇지 않나요?"

　차와 내 존재로 적잖은 위로를 받고서 푸른 벨벳 안
락의자에 앉아 졸고 있는 노파를 측은하게 바라보며
로드니 경이 말했다. "그래요, 나도 그 말이 맞는다고
생각해요."

"틀림없이 당신도 부인의 의사소통 능력이 수월하지 않다는 걸 눈치챘을 거예요."

"그래요."

"게다가 부인은 당신에게 앙심 같은 건 전혀 품고 있지도 않죠. 그저 자신이 겪은 곤란에 대해 약간의 보상을 받고 일단 무사히 돌아가기만 하면, 부인은 그 문제에 대해 더는 언급조차 하지 않을 거예요. 이스트엔드 출신 가운데 경찰에 자진해서 말하는 사람은 아무도 없답니다."

"아가씨는 어떤가요? 당신이 쓴 쪽지에는 당국에 가서 알리겠다고 돼 있던데요."

"그때 필요하다고 느낀 걸 말했을 뿐이에요. 이제 당신도 날 직접 봤으니 내가 신중한 사람이란 걸 알게 됐을 테고요."

"그 반대죠. 내가 주로 알게 된 건 아가씨가 단도를 휘두를 수도 있는 사람이라는 겁니다."

"그 상황에서 분별 있는 여자라면 누구라도 저처럼 했을 거예요."

178

로드니 경이 의심스러운 눈으로 나를 쳐다봤다. "아가씨는 평범한 여자가 아니군요."

순간 그 말에 내 시선이 흔들렸을까 걱정됐다. "난 당신을 믿었어요. 이제 당신이 날 믿을 차례예요. 당신이 부인의 노후를 지원해주기만 한다면……."

"아가씨를 위한 돈은 필요 없나요?" 로드니 경이 의아하다는 듯 끼어들었다.

"없어요, 장담해요."

"그리고 플로렌스 나이팅게일 씨에겐 이번 일에 대해 아무 말도 하지 않을 거죠?"

"전혀요. 제가 그분의 그 품위 있는 집에 다시 발을 들여놓아야 할 이유는 없어요."

"그럼 어떤 안 좋은 결과도 없을 거라고 약속하는 거죠?"

"전혀 없을 거예요." 하지만 로드니 경이 겪을 '안 좋은 결과'보다 훨씬 '안 좋은 결과'가 날 기다리고 있을 걸 생각하니 마음이 씁쓸해졌다. 셜록 오빠가 터퍼 부인의 존재를 알게 된 마당에 이제 부인의 집에서 기거하는 일 따윈 접고, 즉시 새 장소를 물색해야 할 터이기 때문이다. 그러지 않았다간 경우에 따라 오늘 밤 윔브럴 홀에서 나오자마자 셜록 오빠한테 잡혀갈 수도 있다! 오빠가 기다리고 있다는 건 너무나도 자명한 사실이다. 이따금 거실 창문 밖에 몰래 숨어 있던 오빠의 모습을 얼핏 본 것도 같다.

간신히 로드니 경의 이야기에 집중하면서 내가 말했다. "분명 당신은 제가 당신에게 어떤 사적인 악감

정도 없다는 걸 알 거예요. 게다가 윔브럴 가문에 대해선 세상에서 제일 큰 존경심만 간직하고 있을 뿐이죠. 플로렌스 나이팅게일 씨도 저와 같은 입장이고요."

그렇게 난 상당히 오랫동안 듣기 좋은 말로 그를 구슬렸다. 결국, 끈질긴 달램과 많은 약속 끝에 상당한 돈이 건네졌고 ― 장담하건대, 가엾은 로드니 경은 내 모든 항변에도 불구하고, 결국 자신이 내게 뇌물을 주고 있다고 믿었다 ― 나는 그에게 내 가방에 뒤엉킨 채 들어 있던, 작은 꽃 모양으로 수놓아진 그 푸른 리본을 선물했다.

당연히 그는 당황하는 모습이었다. "이게 뭐죠?"

"실종되었던 바로 그 메시지예요." 내가 로드니 경에게 말했다. "그리고 이건 내가 옮겨 적은 암호고요." 나는 그에게 암호를 연필로 적은 종이도 건네주었다. 그러고는 의자에 기대 자고 있던 부인을 깨우며 로드니 경에게 말했다 "이제 가봐야겠어요. 마차를 좀 불러주시면 고맙겠어요."

이건 오빠로부터 벗어나기 위해 매우 필요한 요청이었다. 터퍼 부인이 나와 함께 뛰거나 나무에 오를 수는 없는 노릇이었기 때문이다.

"그렇게는 못 하겠네요." 로드니 경은 마치 자신이 진정한 윔브럴 경임을 선포라도 하듯 대꾸했다. 한술

180

더 떠, 남자 특유의 강한 성향이 발동하며 자신이 돈을 줬으니 뭔가를 더 요구해야겠다는 듯 언짢은 기색으로 말을 이었다. "이 상태론 아무 데도 못 가요. 앉아서 이 말도 안 되는 상황에 대해 설명해보시죠."

"말도 안 되는 게 아니에요." 로드니 경의 이런 반응도 예상을 했어야 하는데, 그가 불쑥 짜증을 내자 나는 당황했고, 그의 목소리 톤에 맞추기 위해 내 톤도 덩달아 높아졌다. "그 일로 인해 나는 엄청 고생을 했고, 그리고⋯⋯."

그 순간, 바로 그다음 일이 일어나지 않았다면 상황이 어찌 흘러갔을지는 아무도 모를 일이다. 그러니까 위층에서 울리는 상당한 충돌음, 계단을 쿵쾅거리는 발소리, 엄청나게 와자지껄한 소리와 함께 천둥같이 우르릉거리며 제프리가 나타난 것이다. 그는 버클슈즈, 스타킹, 무릎까지 오는 반바지, 빨간 재킷 그리고 파우더 가발(가발에 이상한 냄새를 감추기 위해 각종 향료와 섞은 백토 또는 밀가루 기반 파우더를 뿌리기 시작하면서 불리기 시작한 명칭-역주)을 착용한 두 명의 하인에게 여기까지 쫓겨 온 모양새였다. 그런데 문득 이 와중에도 참으로 흥미로운 연구 거리가 눈에 쏙 들어왔다. 대체 왜 복장을 갖춘 하인들은 이전 세기 상류층처럼 입어야 하는 걸까? 이 얼마나 비실

용적인 옷이란 말인가! 한 하인의 가발은 이미 머리 위에서 한쪽으로 기울어진 상태였고, 다른 한 하인의 가발은 젊은 주인을 쫓을 때 바로 벗겨진 상태였다. 이윽고 계단 밑에서 집사 빌링스가 추격에 가세하며 쓸데없이 우렁찬 목소리로 소리쳤다. "그가 달아났습니다, 주인님!"

이미 로드니 경은 벌떡 일어나 동생이 문 쪽으로 달려가며 지나쳐간 커다란 박물관 같은 진입로 쪽으로 올라가고 있었다. 나 또한 이 상황을 보기 위해 뛰어 올라갔고, 등이 굽은 터퍼 부인마저 나름 가장 빠른 속도로 뛰어 올라갔다. 부엌과 아래쪽에서 여자와 남자 소리가 웅성웅성 들리더니, 온 집안의 식솔들마저 이 난장판을 보러 뛰어 올라왔고, 어느새 그곳은 여기저기서 모인 사람들로 북새통을 이루고 있었다.

그렇게 그 두 하인과 집사 그리고 로드니 경이 마치 곰에게 달려드는 불도그들마냥 제프리를 붙잡으려 했지만, 그들의 힘을 다 합쳐도 문 쪽으로 달려가는 제프리를 멈추지는 못했다. 그러다 제프리가 걸쇠를 들어 올리고 손잡이를 돌려 문을 열어젖히는 순간, 마침내 세 사람이 제프리의 코트 자락과 어깨를 와락 움켜잡았다.

그런데 그때 문 바로 바깥쪽 대리석 비막이 위의 횃

불 빛을 통해 헝클어진 회색빛 머리카락과 덥수룩한 회색빛 턱수염을 지닌, 놀랄 만큼 큰 키의 마른 남자가 뚜렷이 눈에 들어왔다.

그 광경에 그다지 놀라지 않은 사람은 아마도 나뿐이었으리라.

아, 제프리만 빼면 말이다. 지금 그에게 그런 놀라움 따위의 감정은 사치였다. 격분해 발악하고 있는 제프리는 조금도 망설이지 않았다. 그는 귀찮은 자들이 등에 달라붙는 걸 피하면서 동시에 그 회색 머리카락의 노인을 덮치기라도 하듯 문 쪽을 향해 돌진했다.

하지만 순간 제프리가 차라리 번갯불에 뛰어드는 편이 나을 뻔한 상황이 벌어졌다. 전혀 예상치도 못한 사이에 그 키 큰 남자가 기다란 한쪽 다리를 내뻗더니 재빠르고 날카로운 손놀림으로 제프리를 내리쳤다. 세상에, 이건 왓슨 박사의 글에 나왔던 그 동양 무술 '주짓수'가 아니던가! 하지만 지금에 와서 아무리 돌이켜봐도 나는 그때 회색빛 턱수염의 노인으로 변장한 오빠가 한 손으로 제프리의 등짝에 내리꽂는 그 일격을 완벽히 묘사해낼 수 없다. 그때 나는 마른 노인이 젊고 강한 귀족을 쓰러뜨리는 광경에 혀를 내두르는 구경꾼들의 모습을 만끽할 수도 없었다. 내겐 오직 이 장면들의 단편적인 기억만 있을 뿐이다. 나는 거기 서

183

서 한가히 구경만 하고 있지 않았기 때문이다.

대신 나는 터퍼 부인의 손을 잡고 모든 사람, 특히 셜록 오빠가 공사다망한 사이에 어떻게든 밖으로 빠져나갈 작정으로 서둘러 집 뒤쪽으로 향했다.

터퍼 부인도 최선을 다하긴 했지만, 그것만으론 충분치 않았다. 나는 품에 부인을 살짝 안고 부인의 어깨도 내게 기대게 한 채, 인적이 드문 복도와 통로를 통해 달렸다. 그렇게 부엌을 지나고 문밖을 나와 가까운 계단을 오른 뒤 별채 주방, 공구 창고, 개집, 마차 차고 등 미로 같은 별채 부속 건물을 허둥지둥 빠져나와 뒷문에 다다랐다. 순간 뒷문에서 멈춰 서긴 했지만 그것도 잠시뿐이었다. 원래는 바깥의 침입자를 막도록 설계된 안전 보조 장치였지만, 안쪽이라 간단히 열 수 있었던 것이다. 그렇게 터퍼 부인을 부축한 채 — 고백하건대, 비록 참기 힘들 만큼 숨이 차오르긴 했지만 — 뒷길을 따라 빠른 속도로 걷다 마침내 거리에 다다랐다.

거기, 그러니까 가스등의 어두운 불빛 아래 더는 윔브럴 홀이 보이지 않는 곳에 이르러서야 비로소 좀 안심이 되었다. 나는 비틀거리는 터퍼 부인을 똑바로 일으켜 세운 후, 어디 다친 데는 없는지 몸을 굽혀 살펴봤다. "괜찮아요?" 내가 부드럽게 물었다. 소리쳐 말하다 자칫 도시 사람들의 괜한 관심을 끌고 싶진 않았기 때문이다. 나는 터퍼 부인이 내 입술을 읽을 수 있기를 바랐다.

다행히 부인은 내 말을 알아들은 듯했다. "메울리 양." 눈가에 물기가 어려 있는 부인의 목소리가 떨려 왔다. "아가씨에게 영원히 감사해요, 전……."

"쉬." 나는 그녀에게서 시선을 떼야 했다. 그 순간 부인을 떠나야 한다는 사실이 너무나도 가슴을 후벼 팠기 때문이다.

그리고 나는, 에놀라Enola를 거꾸로 읽었을 때의 철자인 '홀로alone'란 뜻대로, 그 어느 때보다도 더 외로워질 것이다. 사실 터퍼 부인 — 내게 가장 끔찍한 저녁 식사를 만들어주던 내 나이 든 귀머거리 집주인 — 은 때때로 내겐 엄마와 같은 존재였기 때문이다.

아, 엄마, 어디 있는 거예요?

순간 엄마에 대한 최악의 시나리오가 머릿속에 떠올랐…… 부인하려고 아무리 애써도 정말 터무니없게도 엄마를 두 번 다시 못 볼 거라는 확신이 들었다. 또 엄마가 점점 늙어가면서 그 무식한 유목민 집시들이 엄마를 아무도 모르는 무덤가에 버려둘 거라는 확신이 들었다.

그만해, 에놀라.

간신히 눈물을 참은 나는 터퍼 부인을 부축해 서둘러 길을 따라간 뒤 마차가 다가오는 걸 보고 마차를 잡아탔다.

그러고는 사륜마차 안에 숨어 로드니 웜브럴 경에게서 받아낸 돈을 터퍼 부인에게 건넸다. 순간 부인이 흠칫 놀라 내 손을 뿌리쳤다. 그런 부인을 향해 나는 손가락을 입술에 갖다 대며 조용히 하라는 신호를 보냈다. 나로선 앞으로 부인이 절대 굶주리지도, 쪼들리지도 않을 거라는 안심이 필요했다. 그래서 기어이 부인으로 하여금 자신의 옷섶 깊숙이 100파운드짜리 지폐를 집어넣도록 했다. 마침내 마차가 런던 이스트엔드에 있는 그녀의 초라한 가축우리 같은 집 앞에 도착했고, 마차에서 내린 나는 마부에게 잠시 기다려달라고 요청했다.

터퍼 부인을 아래층에 남겨둔 채 내 방 — 이제 더는 내 방이 아니지만 — 으로 뛰어 올라간 나는 선별하고 선별해 내게 가장 필요한 물건들, 그러니까 가발, 피부 연화 크림, 변장을 위한 여러 가지 필수품, 여분의 단도, 내 모든 돈, 그리고 엄마의 마지막 선물이었던 수채화 꽃 그림으로 장식한 수제 책자를 내 여행용 가방에 쑤셔 넣었다.

짐을 들고 다시 아래층으로 뛰어 내려가는데 터퍼

부인이 — 평소 알던 모습보다 더 지적인 모습으로, 평생 간직해둔 소박한 서류와 기념품이 담긴 나무 상자를 가슴에 움켜쥔 채 더없이 쓸쓸한 표정으로 — 문 옆에서 기다리고 있었다.

"메쉴리 양, 절 혼자 내버려 두지 마세요. 그런 일이 일어난 후엔 더더욱 아니죠." 그녀가 간청했다. "여기가 더는 안전하게 느껴지지 않아요. 절 함께 데려가주세요."

순간 시간이 원을 그리며 도는 듯하다 균형을 잃고 멈췄다. 데려가달라고? 애초에 엄마가 날 좀 데려가줬더라면 좋았을 텐데!

하지만 어디로 — 무슨 방도로 — 어떻게 데려갈 수 있을까. 당혹감에 마음이 격하게 요동쳤다. 그래, 어려움 따윈 상관하지 말자. 빌어먹을 셜록 오빠와 마이크로프트 오빠가 내게 어떤 위험을 가한다 해도, 난 절대 부인을 버려두고 떠날 수 없다.

빙빙 돌던 시간이 이제야 중심을 잡았다. "그렇담 따라와요, 어서!" 내가 부인의 손을 잡자 그녀의 구겨졌던 얼굴이 환하게 밝아졌다. 우리는 함께 허둥지둥 마차로 향했다.

"어디로 가실 건가요, 아가씨?" 마부가 물었다.

나는 꽤 기분 좋은 목소리로 마부에게 말했다. "글

쎄요!" 물론 곧 나는 알게 될 거다. 내 마음이 가는 대로 행하는 것에 대해 신뢰하는 법을 배웠으니까. "그냥 서쪽으로 가주세요."

그렇게 해서 우리 마차는 런던시 쪽으로 향했다.

1889년 5월

"난 더는 자수를 놓을 수 없답니다." 향수에 젖은 플로렌스 나이팅게일이 방문객이 침대 커버에 놓아둔 꽃잎 다섯 개짜리 데이지꽃과 작은 장미로 수놓은 파란 리본 꾸러미를 만지작거리며 입을 연다. "혼자서는 더 이상 바늘을 낄 수 없기 때문이죠." 정말로, 훨씬 중요한 일인 지속적인 글쓰기로, 그녀의 손 모양은 이미 정상이 아니다. 한때 '등불을 든 여인'으로 유명했고, 지금은 차분히 방문객을 맞고 있는 이 여인은 재봉은 하찮은 취미로 여기는 듯하다. "로드니 웜브럴 경은 내가 이것들을 가지고 있기를 바란다죠, 왜죠?"

그 옆에 서 있던 유명한 탐정 — 앉을 자릴 권유받지 못한 걸 보니 곧 자리를 뜰 듯한 — 셜록 홈즈가 대답한다. "웜브럴 경은 일이 완벽히 마무리되길 원할 뿐 아니라, 당신의 가장 충성스러운 추종자로 남고 싶어 합니다."

"그리고 납치극을 벌이게 된 경위는 잊고 싶어 하고요?"

"로드니 경이 그 일에 책임을 진다 해도, 나이팅게일 씨, 여전히 그의 동생 제프리가 선동자임에는 틀림없어요. 제프리는 더 이상 이런 선동을 해선 안 됩니다. 설상가상으로 그는 지금 자기가 탄 배를 식민지로 보내는 데 동의한 상태죠."

"그렇다면 난 판단을 유보하고, 로드니 경이 앞으로 도덕적 강인함을 보여주길 바라야겠군요."

이 말을 하는 동안 생각에 잠긴 플로렌스 나이팅게일이 고요하고 수평적인 주변과는 극적으로 수직적인 대조를 이루고 있는 탐정, 그러니까 큰 키에 군살 없이 깡마른 활동가 셜록을 유심히 살펴본다. '나이팅게일 씨'라고 부르는 그의 음성에선 문득 용맹함은 물론 겸손함까지 느껴진다. 나이팅게일은 그에게 어떤 키 큰 소녀 활동가에 대해 굳이 말할 생각은 없었지만……

그녀가 수놓아진 리본을 한쪽으로 밀어내며 셜록 홈즈에게 앉으라고 손짓한다. 그가 자리에 앉자, 나이팅게일이 관례적인 부드럽고 온화한 태도로 말한다.

"틀림없이 당신은 며칠 전 왜 내가 꽤나 뛰어난 당신의 누이가 그렇게 급히 떠나는 걸 막지 않았는지 궁금하겠죠," 순간 셜록이 대화를 멈추려는 듯 쏘아보면서 자신의 장갑 낀 한 손을 힘껏 치켜올린다. "실은, 당신에게서 직접 듣기 전까진 에놀라가 열네 살짜리 아이에 불과하단 걸 몰랐어요. 에놀라, 이게 그녀의 이름인가 보죠?"

평소 같은 예의 차린 모습이 아닌 퉁명스러운 태도로 셜록 홈즈가 끼어든다. "에놀라가 겉보기처럼 스물네 살이었다면 상관이 없겠죠! 만일 나이팅게일 씨의 따님이 그러고 다닌다면 허락해주시겠습니까?"

하지만 플로렌스 나이팅게일은 셜록의 말을 간결하고, 달콤하고, 명확하게 다시 한번 끊는다.

"당신도 간파하고 있겠지만, 난 당신의 어머니를 알고 있었어요, 홈즈 씨."

분명 간파하지 못한 듯 보이는 셜록이 나이팅게일의 말에 다소 움찔한다. 안락의자에 다시 앉은 그가 이른바 병약자인 이 여성 — 부드러운 얼굴에 고전 스타일로 가르마를 타 매끈하게 머리를 빗어 넘기고 독특한 헤드기어 모양의 스카프로 멋을 낸 여성 — 나이팅게일을 주시하고 있는 모양새를 보니 그렇다. 골치 아픈 듯 씰룩이는 눈썹 아래로 셜록의 눈빛이 플로렌스 나이팅게일을 유심히 살핀다.

"유도리아 버넷 홈즈, 정말 존경할 만한 여성이죠." 그 등불을 든 여인이 계속해서 말을 잇는다. "그녀는 완전히 효율적으로 개혁에 헌신했어요. 그녀가 여성의 권리를 옹호하는 쪽이었다면, 나는 병들고 부상당한 자들의 곤경에 주의를 기울였죠. 하지만 우린 서로를 꽤 존경했답니다. 홈즈 씨, 그녀에게서 무슨 소식이라도 있었나요?"

"그럼 나이팅게일 씨는 제 어머니의 실종 소식을 이미 알고 있는 거군요? 아뇨, 전 아무 소식도 듣지 못했습니다." 셜록 홈즈가 잠깐 망설이다가 묻는다. "혹 무슨 소식이라도?"

아! 셜록 오빠도 엄마를 염려하고 있었다.

"아뇨, 유감스럽게도 듣지 못했어요. 어쩌면 그녀가 크림반도로 도망간 건 아닐까요?" 플로렌스 나이팅게일이 냉소적인 농담을 살짝 건네며 가벼우면서도 신중하게 말한다. "어떤 여인이 어떤 우여곡절을 겪든 절대 간섭하지 않는 게 나란 사람이거든요."

셜록 홈즈가 마치 주짓수에서 아래로 내리치는 짧은 일격을 가하듯 몸을 앞으로 숙이더니 그녀의 말을 자른다. 그러고는 흥미롭게도 에놀라 홈즈가 아닌, 유도리아에 관해 이야기한다. "형과 저는 어머니와 다투

었었어요. 지금 와 돌이켜 보니, 전부 부질없는 다툼이었지 싶군요." 셜록 홈즈가 무뚝뚝하면서도 뜻밖의 쓰라림을 드러내며 말을 잇는다. "하지만, 어머니도 그렇게까지 할 이유는 없었어요."

"하지만 생각해본 적 없나요." 플로렌스 나이팅게일이 세상 부드러운 목소리로 끼어든다. "어머니의 관점에선 모든 게 이유 있는 행동이었다는 것을요. 그리고 며칠 전, 당신 여동생의 행동에도 가장 중요한 이유가 있어 보이던데요."

나이팅게일이 잠시 망설이다가 결심한 듯 말을 이어간다. "동생이 오빠를 꽤 두려워하는 것 같았어요."

그가 실제로 움찔하진 않더라도 나이팅게일은 그 말이 그에게 어떤 영향을 주는지 가만히 지켜본다. 셜록이 자신의 팔뚝을 무릎 위에 기대더니 양손을 깍지 낀 채 바닥을 내려다본다.

인내심 많은 나이팅게일은 셜록에게서 다른 반응이 나오기를 기다린다.

"예, 부인할 순 없죠." 셜록이 대답한다. "하지만 아무리 생각해도 왜 동생이 절 두려워하는지 이해할 수 없어요. 저는 결코 동생을 해치지 않을 것이고, 동생도 그걸 알고 있을 거예요. 가끔이긴 해도 틀림없이 동생도 저에 대해 애정 어린 행동을 보였거든요."

훌륭한 간호사는 언제 입을 다물고 언제 환자가 말하도록 내버려 둘지를 알고 있다. 플로렌스 나이팅게일은 조금 더 기다린다.

셜록 홈즈가 말을 이어간다. "마이크로프트 형과 전 그 아이를 위해 최선을 다하고 싶어요. 좋은 기숙학교에서 더 많은 교육을 받는다든지……."

"아아!" 순간 플로렌스 나이팅게일이 상황을 정확히 이해한 듯 입을 연다. "그녀를 기숙학교로 위협했군요!"

셜록 홈즈는 어리둥절해하며 마치 소년같이 호기심 어린 시선으로 그녀를 쳐다본다. "음, 대체 뭐가 위협이라는 거죠?"

"맙소사, 어머님이 말씀 안 하시던가요?" 하지만 사실 이런 부분에 무지하기는 셜록이나 다른 남자들이나 매한가지다. "일반 기숙학교 상류층 소녀들은 감옥에 갇혀 쳇바퀴 돌듯 비참한 일상을 사는 범죄자들과 별반 다를 바 없는 고통 속에 살고 있답니다. 그러니까 예외 없이 몸의 변형을 초래하고 때론 죽음에까지 내몰리는 혹독한 고통 말이에요."

위대한 탐정이 어안이 벙벙한 듯 입을 앙다문 채 앉아 있다.

"당신은 좋은 분인데," 플로렌스 나이팅게일이 셜록 홈즈를 향해 부드럽게 말을 잇는다. "너무 솔직하다

못해 정말 귀에 거슬릴 정도로 말씀드린 점 사과드려요. 하지만, 내가 나이 든 여성인 만큼 남들은 안 하는 소릴 좀 하려고 해요. 그러니까 그 고통으로 말하자면, 이를테면, 엄지손가락을 죄는 고문 기구가 꽉 조여진 코르셋보다 낫다고 할 정도죠."

이 말은 예의를 차리는 사회에선 결코 입 밖에 내지 않는 말이며, 남녀가 동석한 자리라면 더더욱 그랬다. 그런 만큼 활동가 셜록은 거부감의 표시로 양손을 치켜들며 매부리코가 자리한 얼굴에 홍조를 띤다. 하지만 플로렌스 나이팅게일은 이에 굴하지 않고 계속해서 말을 이어간다.

"당신 생각엔," 그녀가 문득 셜록의 지성에 도전한다. "왜 유행의 최첨단을 걷는 여성들이 툭하면 기절하는 것 같나요? 출산은 말할 것도 없고 왜 가벼운 병으로도 죽는 것 같나요? 때론 출산 연령 전에도 왜 시름시름 앓다가 죽는 것 같나요? 이게 다 중국 여성의 발을 묶던 관습(중국에서 인위적으로 헝겊을 감아 발을 작게 만든 전족을 의미-역주)과 다를 바 없는, 허리를 압박하는 미개한 관습 때문이에요! 그야말로 편안함과 건강과는 완전히 동떨어진 관습이죠…… 셜록 씨의 여동생이 당신을 두려워하는 건 당연해요. 그녀가 기숙사에서 도망쳤을 땐, 말 그대로, 목숨을 걸고 도망친 거예요."

"하지만…… 과연 그게 그렇게까지 최악일까요." 셜록 홈즈가 힘주어 말한다. "전통과 우아함을 갖춘 여성들이 세대를 거쳐 여태까지 생존해왔고……."

"비슷한 논리로 수많은 군인도 전쟁에서 세대를 거쳐 *생존해왔다*고 말할 수 있겠네요." 플로렌스 나이팅게일이 말한다. 하지만 이내 평생 권위적인 남자들을 상대해온 내공으로 유연하게 화제를 돌린다. "난 아이를 가져본 적은 없지만 여동생을 뒀기에 당신의 걱정에 매우 공감한답니다." 그녀가 방문객을 안심시킨다. "아마도 터퍼 부인은 동생의 행방에 대해 어느 정도 말해줄 수 있지 않을까요?"

아래층 음악실에서 피아노 소리가 울려 퍼지며 베토벤의 장엄한 선율이 집안을 가득 메운다. 위대한 탐정이나 위대한 개혁가나 터퍼 부인을 당장 볼 수는 없지만, 두 사람 모두 부인이 어디에 있는지 알고 있다. 피아노 바로 옆에 앉은 플로렌스 나이팅게일이 생생한 피아노 선율을 실제로 들으며 황홀감에 젖어 있다.

셜록 홈즈가 침울한 미소를 싱긋 지으며 다시 의자에 몸을 기댄다. "아뇨, 터퍼 부인에게서 나올 건 아무것도 없어요. 필시 에놀라도 그 사실을 꽤나 잘 알고 있을 거예요. 그 대담하기 이를 데 없는 아이는," 그가 놀라움과 격앙된 어조로 말을 잇는다. "쉴 새 없이 절

놀라게 하죠. 당돌하게도 윔브럴 홀에서 거우 한 블록 떨어진 이곳에 그 아이가 다시 나타났을 때도, 전 여전히 그 아이의 흔적을 찾아 헤매고 있었어요. 그런데 그 아이는 마치 그 노파가 예약한 방문객이라도 되는 양 자연스럽게 이곳으로 데려다주고 갔더군요."

플로렌스 나이팅게일이 부드럽게 끼어든다. "하지만 난 그 나이 든 부인을 돌보게 되어 기쁩니다."

"아주 잘하신 일이죠, 그렇고말고요." 셜록이 다소 불편한 어조로 대꾸한다. 하지만 이내 말투를 바꿔 묻는다. "혹 누이가 여기로 터퍼 부인을 방문하러 온다면 동생을 제게 보내주실 수 있을는지요?"

그의 이런 질문 따윈 무시한 듯, 플로렌스 나이팅게일이 망설임 하나 없이 말을 이어나간다. "내 기억으론 당신에겐 형도 있죠."

"네, 마이크로프트요."

"독신에, 은둔자에, 인간 혐오자에, 정말로, 여성 혐오자에, 고집불통이죠?"

도대체 그녀는 어떻게 이 많은 사실을 다 알고 있는 걸까? 위대한 탐정 셜록이 으르렁거리듯 대꾸한다. "자랑은 아니지만 형이 막 나가지 않도록 제가 어느 정도는 절제시키고 있습니다."

"그런데도, 홈즈 씨, 법적 권한은 형이 가지고 있죠.

자, 그건 그렇고, 설령 당신의 여동생이 여기 온다 한들 내가 그걸 어찌 알겠나요?" 플로렌스 나이팅게일이 상냥하기 그지없는 표정으로 휘둥그레진 눈을 하고서 순진하게 말한다. "난 아래층엔 절대 내려가는 법이 없는걸요."

그녀 못지않은 내공을 지닌 셜록 홈즈가 이내 불리한 상황을 감지하고는 더는 말하지 않고 일어선다.

"나이팅게일 씨, 만나 뵙게 되어 반가웠습니다."

셜록이 나이팅게일의 머리맡에 서서 허리를 굽히고는 그녀의 손에 살짝 입을 맞추며 말한다. "만약 제 도움이 더 필요한 일이 있다면, 주저하지 말고 찾아주십시오."

하지만 자리를 떠나는 셜록의 마음이 절대 편치는 않다. 그는 피아노 옆 흔들의자에 앉아 있던 터퍼 부인을 무심코 지나쳐가면서 틀림없이 에놀라가 그 노부인을 방문할 거라고 생각한다. 고로 셜록 홈즈는 자신의 거리 부랑아 패거리인 베이커 스트리트 특공대를 배치하여 부인의 집을 감시하고, 그렇게 해서 어디로 튈지 모르는 그 천방지축, 꽤나 현명한 여동생을 잡을 절호의 기회를 포착할 생각이다.

하지만 그다음엔?

플로렌스 나이팅게일이 셜록에게 말한 그 무자비한

고통은 다 진실일까?

만일 셜록의 어머니가 이 자리에 있었더라도 나이팅게일과 똑같은 말을 했을까?

세상에! 그러니까 셜록이 일 년 전만 해도 완전히 무시했을 어머니의 조언을 이젠 좀 기꺼이 구할 수 있기를 기대해보며, 과연 그는 세상이 다 아는 자신만의 통념을 깰 것인가?

한데 어머니는 지금까지도 깜깜무소식 아닌가?

빌어먹을! 왜 그 별난 여인은 도망치듯 떠나버린 걸까? 여동생은 왜 또 달아났으며, 왜 계속해서 오빠를 피하고 있는 걸까? 어쩌면 ― 활동가 셜록으로선 도무지 인정하기 어렵겠지만 ― 혹시 에놀라를 붙잡아야 한다는 일념 하나로 스스로 이 모든 걸 오판하고 있는 건 아닐까?

에놀라를 붙잡는 게 과연 진정으로 그 아일 위한 일일까?

플로렌스 나이팅게일의 우아한 저택을 빠져나가며 처음으로 위대한 탐정은 그 영리한 머리로 진정으로 여동생을 위한 게 뭘지 자문해본다. 기숙학교, 사교 및 예절 교육, 상류 사회로의 진출, 결혼 준비…… 설령 아무리 적절하고 전통적인 과정이라 해도 과연 이런 것들이 *에놀라*에게도 최선의 계획일까?

나는 크림 전쟁과 플로렌스 나이팅게일에 관해 문서화
된 사실을 고수하기 위해 최선을 다했다. 하지만 플로렌
스 나이팅게일이 비밀통신을 했다는 증거는 없다. 그녀
가 암호를 썼다는 건 내가 고안해낸 허구이다. 전쟁이
끝난 후, 그 유명한 간호사는 병약자로 여생을 보냈다.
그 이유는 아직도 학자들 사이에 뜨거운 논쟁거리다. 무
슨 연유로 플로렌스 나이팅게일이 특유의 행보를 보였
는지 아무도 확신할 수 없기에 나는 이것을 내 재량껏
해석했다. 그녀는 정말로 하이드 파크가 내다보이는 메
이페어에서 살았다. 하지만 원본이 사라진 터라 그녀의
집을 묘사하려면 상상력이 필요했다. 플로렌스 나이팅
게일이 정치와 의회에서 상당한 영향력을 행사한 건 사
실이지만, 윔브럴 경과 그의 아들들은 허구의 인물이다.

실존 인물 '나이팅게일'의 등장으로
더욱 흥미로워진 인물 구도

그동안 〈에놀라 홈즈 시리즈〉의 백미 중 하나는 '천의 얼굴' 요절복통 에놀라에 필적할 만한 '강한 악당 캐릭터'의 등장이었다. 그런데 이번 이야기 편에선 그 어떤 악당보다도 긴장감을 유발할 가공의 우군이 등장한다. 바로 첫 등장부터 범상치 않은 포스를 뿜어낼 '백의의 천사' 나이팅게일이다.

사료를 통해 본 나이팅게일은 유복한 영국인 가정의 딸로 태어났지만 비슷한 환경의 다른 여성들과는 사뭇 다른 행보를 보였다. 우선, 그녀는 크림 전쟁의 참상을 접한 후 몸소 38명의 간호사를 데리고 전장으로 향할 만큼 간호사로서의 사명감이 투철했다. 특히, '전쟁에서 죽는 인원'보다 '질병으로 죽는 군인'이 더 많은 데 대해 의문을 품은 그녀는 야전 병원의 위생상태는 물론 환자들의 일거수일투족을 상세히 기록해 사망자수를 대폭 줄이는 데 기여했다. 또한 전쟁이 끝난 후엔 전쟁 중 야전 병원에서 수집한 여러 자료와 통계를 바탕으로 누구보다도 보건 제도 '개혁'에 앞장섰다.

그래서일까? 유독 이번 이야기 편에서 저자는 '개혁'이라는 키워드를 구슬처럼 꿰나가며 에놀라의 엄마에서 에놀라로 이어지는 '개혁 성향'의 계보를 나이팅게일과 연결 짓는다. 이런 치밀한 인물 설정은 빅토리아 시대 억압된 여성상에 반기를 드는 여주인공들의 행보와 더불어 이제 후반부로 치닫고 있는 〈에놀라 홈즈 시리즈〉에 더욱 '탄탄한 개연성'과 '흥미로운 볼거리'를 선사할 예정이다.

크림 전쟁에 뛰어든 여성과 휘말린 여성의
'운명적 만남'과 '크리놀린'

시리즈 가운데 처음으로 경고문('심약한 사람들은 바로 1장으로 넘어가기 바란다!')으로 시작한 이번 이야기 편은 참혹하기 이를 데 없는 '크림 전쟁'을 배경으로 한다.

항구 위의 언덕 꼭대기에는 한때 튀르키예군의 막사였던 거대한 정사각형 건물이 서 있다. 하지만 지금 이곳은 지옥의 온상이다. (······) 석조 바닥에는 대부분 젊은 영국 병사로 구성된 많은 사람이 깔 짚단도, 덮을 담요도 없이 어깨를 나란히 하고 누워 있다. 그들은 모두 부상당하거나, 병들었거나, 죽어가는 이들이었다. (P. 9)

하지만 전쟁의 참혹함보다 더 강력한 인상을 남기며 독자의 눈길을 사로잡는 게 있었으니, 바로 이 전쟁에 '몸소 뛰어든 나이팅게일'과 '속수무책으로 휘말린 터퍼 부인'의 '운명적 만남'이다.

다가올 밤도 견뎌내기 버거울 정도로 죽은 듯 누워 있는 사람 중엔 겨우 스무 살 남짓의 청년도 있다. 청년의 곁에는 함께 이 끔찍한 장소에 온 지 채 일 년도 되지 않은 그의 신부이자 그보다 더 어린 겁먹은 소녀가 웅크리고 앉아 있다. (P. 10)

간호사가 떠나자 등불을 든 여인이 다시 한번 다가와 의식을 잃은 남편 옆에 웅크린 채 떨고 있는 어린 신부 앞에 멈춰 선다. 여인은 남자를 살펴본 후 등불을 내려놓고서 차가운 돌바닥에 앉아 그의 시퍼런 맨발을 자

신의 무릎으로 가져간다. 그러고는 조금이라도 따뜻해질세라 힘차게 손으로 문지르기 시작한다. (P. 12)

전쟁이 끝난 후 그냥 잊히는가 싶던 이 두 여성의 '운명적 만남'은 그로부터 수십 년이 지난 어느 날, 터퍼 부인 앞으로 날아든 '의문의 편지'를 통해 서서히 윤곽을 드러낸다. 하지만 언제나 그렇듯 처음부터 모든 의문이 척척 풀릴 리는 만무하다. 먼저, 잔인한 필체로 휘갈겨 쓴 편지를 통해 알아볼 수 있는 건 고작 그 옛날 크림 전쟁이 발발했던 '스쿠타리'라는 지역뿐. 게다가 정작 '군인들에게 장물을 팔 요량으로 남편 터퍼 씨와 함께 크림반도로 향했고, 거기서 등불을 든 여인이라 불리던 영국 간호사의 도움으로 탈출할 수 있었다'고 말한 부인은 이미 악당의 손아귀에 들어간 지 오래인 상황. 결국 의문을 파헤칠 단서는 방바닥에 널브러진 부인의 '오래된 크리놀린'뿐인데······.

바닥에서 다른 옷 중 유독 드레스 하나가 눈에 띄었을 때 좀 놀랄 수밖에 없었다. 그 드레스는 최신 유행을 따르는 여성이라도 현관에 치마폭을 맞춰 입기 어렵던 그 옛날 옛적의 크리놀린 드레스였다. 잘 만들어진 이 드레스의 허리 아랫부분에는 페플럼이 있었고, 어깨에

205

는 주름 장식이 있었으며, 30년 전 방식의 꽉 찬 원 모양으로 퍼져 있는 방대한 스커트의 안쪽에는 진한 청색 실크가 기다랗게 달려 있었다. (P. 51)

이번 이야기 편에 등장하는 '크리놀린'은 그 옛날 '긴 치마 안에서 후프형 테두리 모양으로 치마의 실루엣을 돋보이게 해주던 치마 속 버팀대'를 말한다. 그런 '크리놀린'을 터퍼 부인은 자그마치 30년 이상이나 옷장에 쑤셔 넣고 간직해뒀던 것. 그런데 왜일까? 그러니까 매년 봄이면 자신의 형편에 알맞으면서도 현재 유행에 뒤떨어지지 않는 새롭고 쓸 만한 드레스를 구입하는 데 총력을 기울이던 터퍼 부인이 왜 그랬던 걸까? 또 등 쪽이 선반같이 우스꽝스럽게 돌출돼 있던 허리받이 따위는 유행이 지난 지 채 일 년도 되기 전에 버리던 터퍼 부인이 도대체 왜 그랬던 걸까? 아마도 이번 이야기 편이 끝날 때까지 이 궁금증은 쉽게 풀리지 않을 것이다. 이 크리놀린에 가봉돼 있던 리본에 '터퍼 부인의 실종을 해결할 간접적인 단서'가 담긴만큼, 이번에도 그 비밀을 하나하나 캐가는 즐거움을 놓치지 않고 만끽하길 바란다.

나이팅게일, 요절복통 에놀라와 웃음 듀엣이 되다!

이번 편이 참혹한 크림 전쟁과 역사적 실존 인물을 소급해온 까닭에 자칫 심각한 내용일 거라 추측하는 독자가 있을지도 모르겠다. 하지만 미리 말해두건대 그건 큰 오산이다. 저자 낸시 스프링어와 우리의 주인공 에놀라에게 있어 '요절복통 없는 에놀라 시리즈'는 '앙꼬 빠진 찐빵'이나 다름없다. 특히 이번 이야기 편에선 역사적 거물 나이팅게일까지 합세해 그 어느 때보다 참신한 뜻밖의 '찐웃음'을 선사한다.

지금은 침대를 지키는 '병약자' 신세지만, 여전히 시종일관 부드러운 미소로 언성 한번 높여본 적 없는 나이팅게일도 중요한 순간이 임박하자 언제 그랬냐는 듯 단거리 선수마냥 휙 날아 에놀라를 앞질러버리는 장면이 바로 그것이다. 개인적으론, 그 뒤에 나오는 에놀라의 반응에 더 빵터지긴 했지만 엉뚱한 에놀라야 뭐 늘 그렇다 치고, 어쨌든 이 대목에서 우리의 고매한 여사가 자신의 처지와 어울리지 않는 뜻밖의 행동으로 은근슬쩍 웃음을 날려준다.

내 오빠라고! 곧 들이닥치겠군! 오빠가 날 여기서 찾기라도 하는 날엔…….

친애하는 독자는 그간 내가 잘 쉬지도 먹지도 못하

며 많은 압박을 받아왔다는 점을 기억할 것이다. 그러나 사실 변명의 여지는 없다. 난 그 문제를 추론으로 풀었어야 했다. 하지만 그러지 못했다.

인정하긴 민망하지만 솔직히 난 이 상황이 정말로 당황스러웠다. 그래서 별 합리적인 계획도 없이 어떻게든 이 장소에서 벗어나야겠다는 생각에만 사로잡혀 꽥 소리를 지르고는 자리에서 벌떡 일어섰다. 나는 어떤 설명이나 작별의 말도 없이 나이팅게일의 침대 주위를 획 돌아서서는 문 쪽으로 향했다.

하지만 그때 나이팅게일도 꽤나 민첩하게 자신의 침대 커버를 홱 뒤로 젖히고는 침대 맞은편으로 훌쩍 넘어갔다. 그러고는 마치 단거리 달리기 선수가 출발대를 딛듯 끌리는 잠옷 레이스 자락 아래 자신의 통통한 맨발로 침실 바닥을 디딘 후, 나보다 몇 걸음 더 빨리 문 쪽으로 걸어가 등을 대고 막아섰다.

이 주목할 만한 사건 – 내 길을 막아선 병약자 – 때문에 난 너무나도 놀란 나머지 얼토당토않게 스스로 도망치고 있었다는 사실도 잊은 채 방 한가운데 덩그러니 멈춰 섰다.

"왜 그렇게 겁을 먹었나요?" 플로렌스 나이팅게일이 물었다.

나 또한 동시에 불쑥 내뱉었다. "걸을 수 있는데 계속 침대에 누워서 뭘 하시는 거죠?"(P. 124~125)

그런데 이런 나이팅게일의 '웃픈' 모습에 쉽게 물러설 에놀라가 아니었다. 나이팅게일의 방을 나간 후 셜록에게 쫓기다가 다시 어처구니없게도 나이팅게일의 방에 도달하게 된 에놀라. 하지만 그 '뻘쭘함'도 잠시, 바로 거물 나이팅게일의 방을 급습한 그녀는 역시나 언제 그랬냐는 듯, 방금 전까지의 나름 진지하던 태도에서 금세 돌변하여, 이내 창문을 통해 원숭이마냥 나무에 매달려 내빼버린다! 늘 예고 없이 등장하는 요절복통 에놀라의 엉뚱한 모습 앞에 이번에도 그 '뜻밖의 빵터짐'은 고스란히 독자 몫이다.

> 그때 비단결 같은 두툼한 이불을 덮고 있던 나이팅게일이 부드럽고 상냥하게 물었다. "세상에, 무슨 일이죠?" 질문에는 대답도 하지 않은 채 나는 (……) 침실을 가로질러 나이팅게일의 커다란 침대를 돈 후, 나무꼭대기의 아름다운 경관이 보이는 창문으로 다가가 (……) 창턱에 올라 몸을 내밀고 가장 가까운 나뭇가지에 원숭이처럼 몸을 날릴 때까지 (……) 진짜 오랑우탄마냥 전후좌우로 흔들거렸고, 그러다 아래로 떨어지기 시작했다. 떨어지는 중간에 나뭇가지를 움켜쥐기도 했지만 이내 다시 떨어졌고, 발버둥 쳐보기도 했지만 결국 땅으로 떨어졌다. (P. 131~133)

엄마 같은 터퍼 부인과의 재회와 이별, 과연 그 끝은?

이번 이야기 편의 또 다른 관전 포인트는 어느새 깊어
질 대로 깊어져 '피보다 진한 물'이란 게 정말 존재할
수도 있음을 새삼 일깨워준 터퍼 부인과 에놀라 간의
'살가운 관계'다. 이런 관계를 가장 단적으로 보여주는
첫 장면은 로드니 경과 제프리와의 심장 떨리는 첫 대
면을 거친 에놀라가 천신만고 끝에 납치당한 터퍼 부
인과 재회하는 장면이다. 그럼 그렇지, 에놀라에게 터
퍼 부인은 그냥 집주인이 아니었다. 어느새 그녀는 말
없이 떠난 엄마의 빈자리를 정말 '말없이' 채워주던
엄마 같은 존재였다!

> 부축하기 위해 서둘러 앞으로 달려나간 나는 황급히
> 그녀의 팔을 내 허리에 둘렀다.
> "메쉴리 양!" 터퍼 부인은 울고 있었다. 인정하건대,
> 나 또한 울고 있었다. (……)
> "오, 메쉴리 양." 터퍼 부인이 연거푸 내 이름을 불렀
> 다. "오, 메쉴리 양, 만나서 정말 기뻐요, 정말이요, 메
> 쉴리 양!" (P. 173)

두 번째 장면은, (셜록 오빠가 터퍼 부인의 존재 및 소재를
모두 알게 된 터라 터퍼 부인을 떠날 수밖에 없던) 에놀라가

집으로 돌아가는 사륜마차 안에서 로드니 윔브럴 경한테 받아낸 돈을 터퍼 부인에게 건네는 장면이다. 이 장면에서 에놀라는 흠칫 놀라 자신의 손을 뿌리치는 부인을 기어이 설득해 옷섶 깊숙이 100파운드짜리 지폐를 집어넣도록 한다. 에놀라로선 부인이 절대 굶주리지도, 쪼들리지도 않을 거란 확신이 필요했던 것. 엄마 없이, 그렇지만 엄마처럼 자신의 운명을 개척해나가고 있는 에놀라가 엄마 같은 존재인 터퍼 부인을 애써 떠나보내며 끝까지 물심양면 챙겨주는 장면은 그야말로 '눈물 없인 볼 수 없는' 명장면이다.

세 번째 장면은 그렇게 영영 부인 곁을 떠나버리려는 에놀라를 가련한 터퍼 부인이 붙잡는 장면이다. '함께 떠나는 길'과 '홀로 떠나는 길'의 기로에 선 에놀라. 과연 그녀는 어떤 길을 택할 것인가? 진한 감동과 카타르시스를 느끼고 싶은 독자라면 앞단의 감정선을 꼭 붙들어 매고 이 장면을 챙겨보길 권한다.

과연 셜록 오빠는 에놀라의 정체성을 받아들일 것인가!

그동안 에놀라 시리즈의 또 하나의 백미는 에놀라와 대탐정 셜록 오빠 간에 쫓고 쫓기는 줄다리기 속 밀당 관계였다. 이번 이야기 편에서도 이 밀당 관계는 한층 더 성숙해진 면모를 드러낸다. 바로 '어디로 튈지 모르는 여자아이에겐 기숙학교가 제격'이라는 편견(아니, 당시로선 당연한 생각)이 아닌, '있는 그대로'의 에놀라를 받아들일 가능성을 시사하는 대목이 눈에 띈 것이다. 이 장면은 이번 이야기 편에서 이미 개혁 성향의 당찬 여성으로 눈도장을 확실히 찍은 나이팅게일이 셜록 홈즈와 '의뢰인과 탐정'으로서 나눈 막판 대화에서 드러난다.

"당신 생각엔," 그녀가 문득 셜록의 지성에 도전한다. "왜 유행의 최첨단을 걷는 여성들이 툭하면 기절하는 것 같나요? 출산은 말할 것도 없고 왜 가벼운 병으로도 죽는 것 같나요? 때론 출산 연령 전에도 왜 시름시름 앓다가 죽는 것 같나요? 이게 다 중국 여성의 발을 묶던 관습과 다를 바 없는, 허리를 압박하는 미개한 관습 때문이에요! 그야말로 편안함과 건강과는 완전히 동떨어진 관습이죠…… 셜록 씨의 여동생이 당신을 두려워하는 건 당연해요. 그녀가 기숙사에서 도망쳤을 땐, 말 그대로, 목숨을 걸고 도망친 거예요."

"하지만…… 과연 그게 그렇게까지 최악일까요." 셜록 홈즈가 힘주어 말한다. "전통과 우아함을 갖춘 여성들이 세대를 거쳐 여태까지 생존해왔고……."

"비슷한 논리로 수많은 군인도 전쟁에서 세대를 거쳐 생존해왔다고 말할 수 있겠네요." 플로렌스 나이팅게일이 말한다. 하지만 이내 평생 권위적인 남자들을 상대해온 내공으로 유연하게 화제를 돌린다. (P. 195)

지난 에놀라 시리즈 4권에선 밀당을 넘어 '혈육의 정에 강하게 이끌리는 여동생 에놀라의 모습'이 그려져 독자의 심금을 울렸다면, 이번 이야기 편에선 '여동생 에놀라의 정체성과 미래에 대해 마침내 진지하게 생각하게 된 천상 피붙이 오빠의 모습'이 그려져 독자의 마음에 강한 여운을 남길 예정이다. 셜록의 마음속에 이는 이런 감정의 변화가 앞으로 우리의 요절복통 주인공 에놀라의 운명을 어떻게 뒤바꿔놓을지 〈에놀라 홈즈 시리즈〉의 최종 이야기 편이 벌써부터 기다려진다.

요절복통 에놀라와 고매한 나이팅게일 여사와 함께
마냥 행복했던 2020년 1월의 어느 겨울밤,
김진희

INTERNATIONAL MORSE CODE

Letter	Code		Letter	Code		Number	Code		Char	Code
A	·—		N	—·		1	·————		Ñ	——·——
B	—···		O	———		2	··———		Ö	———·
C	—·—·		P	·——·		3	···——		Ü	··——
D	—··		Q	——·—		4	····—		.	·—·—·—
E	·		R	·—·		5	·····		,	——··——
F	··—·		S	···		6	—····		?	··——··
G	——·		T	—		7	——···		:	———···
H	····		U	··—		8	———··		;	—·—·—·
I	··		V	···—		9	————·		/	—··—·
J	·———		W	·——		0	—————			
K	—·—		X	—··—		Á	·——·—			
L	·—··		Y	—·——		Ä	·—·—		( )	—·——·—
M	——		Z	——··		É	··—··			

〈국제 모스 부호〉

옮긴이 김진희 연세대학교에서 경영학 석사학위를 받고 UBC 경영대에서 MBA 본 과정을 수학했다. 홍보 컨설팅사에 재직하면서 지난 10여 년간 삼성전자, 한국 P&G, 한국 HP 등의 글로벌 브랜드 뉴미디어 광고 및 홍보 컨설팅을 수행했다. 편집자와 출판 기획자로 활동하고 있으며 개인 브랜딩, 광고, 홍보, 미디어, 대중문화 분야에서 글을 쓰고 있다. 옮긴 책으로 〈에놀라 홈즈〉 시리즈와 『핀치 오브 넘』, 『착한 엄마가 애들을 망친다고요?』, 『크러싱 잇! SNS로 부자가 된 사람들』, 『내 시간 우선 생활습관』, 『진흙, 물, 벽돌』, 『프로젝트 세미콜론』, 『구름 사다리를 타는 사나이』, 『이것이 경영이다』, 『4차 산업혁명의 충격』, 『왓츠 더 퓨처』, 『IoT 이노베이션』 등이 있다.

에놀라 홈즈 시리즈 5
비밀의 크리놀린

초판 1쇄 발행 · 2020년 2월 14일
초판 3쇄 발행 · 2022년 9월 30일

지은이	낸시 스프링어
옮긴이	김진희
펴낸이	김요안
편집	강희진
디자인	김이삭

펴낸곳	북레시피
주소	서울시 마포구 신수로 59-1
전화	02-716-1228
팩스	02-6442-9684
이메일	bookrecipe2015@naver.com ㅣ esop98@hanmail.net
홈페이지	www.bookrecipe.co.kr ㅣ https://bookrecipe.modoo.at/
등록	2015년 4월 24일(제2015-000141호)
창립	2015년 9월 9일

ISBN 979-11-90489-04-1 43840

종이 · 화인페이퍼 ㅣ 인쇄 · 삼신문화사 ㅣ 후가공 · 금성LSM ㅣ 제본 · 대흥제책

이 도서의 국립중앙도서관 출판예정도서목록(CIP)은 서지정보유통지원시스템 홈페이지(http://seoji.nl.go.kr)와 국가자료공동목록시스템(http://www.nl.go.kr/kolisnet)에서 이용하실 수 있습니다. (CIP제어번호: CIP2020002994)